Virginie Linhart, née en 1966, diplômée de l'Institut d'études politiques de Paris, est réalisatrice de documentaires politiques, historiques et sociologiques.

Virginie Linhart

LE JOUR OÙ MON PÈRE S'EST TU

Éditions du Seuil

TEXTE INTÉGRAL

ISBN 978-2-7578-1867-1
(ISBN 978-2-02-091367-6, 1re publication)

© Éditions du Seuil, mars 2008

À Bulle, à Blanche, à Élie

1

Le silence

J'avais quinze ans lorsque c'est arrivé. J'étais une adolescente qui s'essayait à la rébellion. Je ne travaillais pas au lycée, je faisais tout le temps la gueule, j'étais amoureuse de garçons qui ne me regardaient pas. Et puis, soudain, mon père a disparu de ma vie. C'était au printemps 1981, le printemps de mes quinze ans, de ses trente-six ans – nous sommes tous deux nés au mois d'avril –, à une poignée de jours de l'élection de François Mitterrand. La gauche enfin au pouvoir, après une si longue attente, ça allait être gai vraiment ; mais non, ça ne l'a pas été, du tout.

Un des dimanches de ce printemps-là, nous sommes tous au restaurant. C'est une tradition dans ma famille paternelle. Il y a mon grand-père, ma grand-mère, ma tante, mon frère Pierre, ma petite sœur Clara et sa mère Ana Maria, notre belle-mère. Une personne manque : mon père. C'est un repas un peu bizarre, l'atmosphère est lourde. Au milieu du déjeuner, mon grand-père se lève brusquement, va aux toilettes. Il n'en ressort pas : infarctus. Panique, cris, porte enfoncée, pleurs, police secours, hôpital.

C'est la fin des déjeuners dominicaux pour un long moment. Mon grand-père s'en tire et part en maison de repos. Mon père est toujours absent. Ce qui est étrange c'est que je n'ai le souvenir d'aucune explication sur cette absence. Pourtant on m'a forcément dit quelque chose, forcément. Un père ne disparaît pas comme ça du jour au lendemain de la vie de ses enfants, sans que des paroles soient prononcées, des explications données. Mais rien, je ne me souviens de rien. Une chose est certaine : mes velléités de rébellion ont été coupées net. J'ai dû confusément sentir que ce n'était pas le moment. J'ai recommencé à avoir de bonnes notes en classe.

C'est bientôt l'été. D'habitude on passe le mois de juillet avec maman à la mer, le mois d'août avec papa dans les Cévennes. Rituel immuable, mis en place depuis leur séparation, je devais avoir six ans. L'été 81 ne se passera pas comme ça. Tandis que ses amis vivent, j'imagine, un été assez joyeux – c'est quand même la première fois depuis 1936 que la gauche accède au pouvoir, tous les espoirs sont permis –, Robert, mon père, se réveille difficilement d'un coma de plusieurs semaines. On appelle cela un coma de troisième degré. Au mois d'avril – ou était-ce au début mai ? Je me rends compte que j'ignore la date exacte –, il a essayé de mettre fin à ses jours en avalant tout ce qu'il avait sous la main. En principe, m'expliqueront les médecins par la suite, il aurait dû y parvenir. Il n'avait à peu près aucune chance de survivre à l'absorption d'une dose aussi massive de médicaments. Ana Maria, la femme qui partageait alors sa vie, l'a découvert inanimé sur le carrelage de la cuisine. De longs mois, peut-être même plus d'une année, ont passé avant qu'elle ne me raconte la scène. Nous sommes en Suisse, l'hiver, en vacances au ski. On dîne au restaurant. Je ne sais pas comment c'est venu ; probablement, j'ose enfin demander pourquoi mon père est dans le piteux état qui a été le sien si longtemps après la sortie du coma. Ana Maria m'explique qu'à la question des pompiers sur ce que mon père avait avalé, elle n'a mentionné que les corn-flakes qu'il prenait habituellement au petit déjeuner. Je me lève brusquement, je cours aux toilettes, je vomis intégralement la fondue au fromage des alpages. Je viens de comprendre que mon père a essayé de se suicider. Qu'il a voulu nous laisser tomber, c'est du moins la première chose à laquelle je pense à ce moment-là. Personne ne me l'avait encore dit, cela faisait des mois qu'il ne prononçait quasiment plus un mot.

Ensuite, il a fallu vivre avec ça. Vingt-quatre années de mutisme paternel ont suivi.

Un soir, il y a déjà trois ans, mon père est arrivé à la maison pour la soirée. Il vient souvent le mercredi, on dîne ensemble. Il apporte des fleurs pour moi, des cadeaux pour ses petits-enfants. Sa gentillesse, sa douceur et sa générosité sont sa force. Il ne dit presque rien mais c'est un très bon lecteur de contes, mes filles apprécient qu'il leur lise des histoires. Ce soir-là, après avoir couché les enfants, j'ai empoigné la bouteille de vodka, nous ai servi un verre chacun, et je me suis lancée.

– Papa, je voudrais faire une enquête sur les maos, qui faudrait-il interviewer à ton avis ?

Il a grimacé…

– Pourquoi tu grimaces ?

– Parce que c'est vieux…

– Comment ça, c'est vieux ? Quand tu vois mon film sur *L'Observateur* c'est encore plus vieux, et tu dis que tu as aimé, tu ne me dis jamais que c'est vieux.

Silence.

– En fait je voudrais que cette enquête sur les maos soit aussi une enquête sur ton silence. On ne parle plus jamais du maoïsme en France, et toi qui en étais une des têtes pensantes, tu es devenu silencieux. J'aimerais demander à ceux qui étaient alors avec toi ce qu'ils pensent de ton silence… Ce qu'ils ont à en dire : pourquoi ne dis-tu plus rien alors qu'ils continuent de parler ?

Haussement d'épaules.

– Pourquoi tu hausses les épaules ?

– Parce qu'il fallait bien que ça m'arrive un jour…

– Quoi ?

– Ce projet…

– Papa, c'est mon métier de faire des enquêtes, et puis tu sais, cette histoire, ce n'est pas que ton histoire, c'est la mienne aussi.

– Oui je sais… Il y a une fille là qui a écrit un livre sur le silence de son père, c'est déjà fait, c'est pas la peine…

– Je viens de lire ce livre : ce n'est pas un livre sur le silence de son père. C'est un livre sur son père, qui est mort quand elle était petite, et qu'elle titre *La Reine du silence*, surnom qu'il lui donnait enfant.

– Ah oui… tandis que là, c'est moi… le roi du silence…

– Oui, c'est toi le roi du silence, le prince des ténèbres, mais tu n'es pas mort, et moi je vis depuis plus de vingt ans maintenant face à ton silence. Alors j'ai envie de comprendre. Parce qu'il fait partie de ma vie. Et que ce n'est pas tous les jours évident.

– Je sais, France s'en plaint continuellement…

– Certes, mais France oublie une chose, papa. Qu'est-ce qu'elle oublie ? Qu'est-ce qu'elle oublie qui est si important, et qu'elle ne devrait pas oublier ?

Tortillement, haussements de sourcils, tics de la bouche, froncement du nez.

– Je sais pas, je vois pas…

– Elle oublie qu'elle t'a connu comme ça, elle t'a aimé comme ça, elle s'est mariée avec toi en connaissance de cause. Lorsque vous vous êtes rencontrés, tu ne parlais déjà plus depuis bien longtemps. Pour Pierre, pour Clara, pour moi, c'est très différent : nous sommes tes enfants, nous n'avons rien choisi, ça nous est arrivé.

– Ahhh… C'est vrai…

– Tu sais papa, moi, quand tu t'es arrêté de parler, j'avais quinze ans. À quinze ans, on a beaucoup de souvenirs. Arrête de penser que parce que tu parais vivre sans mémoire, c'est pareil pour tout le monde ! Je me souviens de tout, papa. Je me souviens quand tu imitais Léon Zitrone en voiture en commentant le paysage avec l'accent russe, nous en pleurions de rire avec Pierre, je me souviens comme c'était heureux la vie avec toi, au Méjanet, en haut de la montagne des Cévennes : on partait à la rivière à pied, Pierre et moi, et toi tu restais écrire en haut à la maison…

— J'écrivais *L'Établi*…

— Oui, et à la fin de la journée tu venais nous chercher pour aller faire des courses au village, à Sumène, et boire un verre. Je me souviens aussi qu'une fois dans le mois tu nous emmenais nous baigner à La Grande-Motte et qu'on trouvait ça extraordinaire tout ce monde partout alors que ce devait être un cauchemar pour toi…

— Non, ce n'était pas un cauchemar…

— Bon alors : qui il faudrait interviewer sur les maos ?

Silence. Grattement de tête.

— … Olivier Rolin… Serge July… Plus dur : Jean-Paul Cruze…

— C'est tout ?

— Peut-être… Jean-Pierre Olivier de Sardan ? Mais tu ne le connais pas…

— Mais si je le connais ! Je te dis que je me souviens de tout, je me souviens qu'il s'appelait Sardan comme le village à la lisière des Cévennes où il vivait. Cela te faisait rire que le fils d'un « riche propriétaire terrien », comme on disait, soit un activiste maoïste. Je me souviens de la route qui menait à sa maison, je me souviens du grand portail et des immenses tilleuls, je me souviens qu'ils étaient, avec sa femme antillaise, Marie-Aymé, les témoins de ton mariage avec Ana Maria à la mairie de Sumène… Ce n'est pas parce que tu fais comme si tout ça n'avait jamais existé que je ne me le rappelle pas ! Je me souviens de tout, si tu savais, même de la robe que je portais le jour de ton mariage, et j'avais onze ans pourtant. Longtemps tu as gardé une photo de toi et moi prise cette journée, assis ensemble dans un hamac. Tu essayais de me consoler parce que j'étais triste que tu te remaries. Tu avais encadré cette photo, elle était dans ta bibliothèque. C'est sans doute pour ça que je me souviens de la robe.

Il me regarde, il a les larmes aux yeux.

– C'est notre secret, ma petite fille…

– C'est quoi, notre secret ?

– Que tu saches tout ça, et que moi je ne parle plus.

– D'accord, mais moi maintenant je voudrais travailler là-dessus… Si j'y arrive… Ce n'est pas sûr, mais c'est le bon moment pour moi.

– Ça va pas être facile…

– Non, ça va pas être facile.

Après cette soirée, je me lance dans la rédaction du projet : mon père, sa trajectoire, le maoïsme, ceux qui s'en sortent, celui qui y est resté. Je suis la fille de Robert Linhart, fondateur du mouvement prochinois en France, initiateur du mouvement d'établissement dans les usines[1]. Si je me fie à tout ce que j'ai lu sur cette période – à ce que j'en ai entendu

1. Ce mouvement envoya les intellectuels maoïstes travailler comme ouvriers pour propager l'idéal révolutionnaire dans les usines. Mon premier livre, *Volontaires pour l'usine. Vies d'établis (1967-1977)*, Seuil, 1994, raconte cet épisode de l'histoire de 1968 que l'on connaît mal.

aussi –, mon père est resté l'une des figures les plus marquantes de ces années. Malheureusement, il en est aussi l'une des figures les plus marquées. Mon père ne s'est jamais remis de ce temps où il crut possible d'infléchir le cours de l'Histoire. En réfléchissant à ce projet, je suis prise d'un enthousiasme qui ne m'est pas coutumier, c'est presque de l'euphorie : enfin, j'allais y arriver ! On allait voir ce qu'on allait voir. J'allais nous sortir du silence, et de la honte aussi. Parce qu'il y a de la honte, bien sûr. Parce que si, à nous les enfants, on a mis tellement de temps à dire ce qui s'était passé, c'est parce que ma famille dans son ensemble était accablée de honte. Le grand intellectuel, l'orateur le plus fascinant de sa génération, le stratège politique, le génial écrivain avait jeté l'éponge. Et pas n'importe comment. En grillant son capital le plus précieux, son seul capital : en se cramant le cerveau avec tout un tas de médicaments dont on ne saura jamais précisément quels dégâts neurologiques ils ont occasionnés. Je crois que pour les parents de mon père, pour sa sœur Danièle, ses femmes ex (Nicole ma mère) ou d'alors (Ana Maria ma belle-mère), le choc a été si violent que personne n'a rien trouvé de mieux que de le dissimuler. Surtout ne rien dire, ne rien laisser paraître, faire comme si de rien n'était : c'est ce qui nous a été imposé à nous les enfants. Des années durant, mon grand-père, en *pater familias* remis de l'infarctus consécutif à la tentative de suicide de son fils, orchestrera dans le plus parfait non-dit des déjeuners dominicaux pantomimes d'une sérénité de façade. Jacob, mon grand-père, devenu Jacques pendant les

16

années 40, était un homme d'une grande élégance, au français parfait, juste une pointe d'accent yiddish affleurant, comme lorsqu'il parlait les quatre autres langues grâce auxquelles il avait survécu en d'autres temps. Jacob, ou Jacques donc, tirait littéralement tout le reste de la famille dans son sillage. Avec lui, tout allait bien. D'ailleurs, on déjeunait dans de grands restaurants, il payait toujours en liquide et laissait de larges pourboires. Nous devions faire très bonne impression. C'était ce qu'il voulait, à tout prix, et il y a mis le prix. À la fin de sa vie, il aura dilapidé toutes ses économies, ou presque, dans ces repas familiaux pour la galerie.

Je comprends aujourd'hui que mon grand-père faisait ainsi ce qu'il ne savait pas faire autrement. Jacob avait fui l'antisémitisme de Pologne, avait survécu un temps en Italie jusqu'à cette fameuse poignée de main entre Hitler et Mussolini, avait alors rejoint la France où il avait rencontré, dans un petit hôtel d'émigrés de la rue des Saints-Pères, ma grand-mère, Macha, elle-même juive polonaise. La guerre survenue, c'est ensemble qu'ils s'étaient cachés, d'abord à Paris, puis en zone Sud, puis dans les montagnes au-dessus de Nice. Ma grand-mère enceinte, ils s'étaient terrés dans la forêt, devant leur salut à des Justes qui déployaient une nappe sur une table en plein air lorsque la voie était libre ; mes grands-parents descendaient alors de leur abri pour se laver et se ravitailler. C'est à Nice que mon père est né, en avril 1944. Par miracle, Jacob était parvenu à sauver cette femme qu'il aimait, cet enfant qui venait de naître. Après la guerre, il avait fait commerce de « tout ce qu'on peut voir, tout ce qu'on peut toucher » – c'était lui qui le disait – pour faire vivre sa famille. Plus tard, il était devenu expert-comptable pour des tailleurs du Sentier. Il n'avait pas fait fortune, non, mais il avait incontestablement réussi. L'appartement de mes grands-parents était situé porte d'Auteuil dans le XVIe arrondissement et ils possédaient une résidence secondaire où se déroulaient les vacances ; leurs enfants, Robert et Danièle, n'avaient jamais manqué de rien et avaient fait de brillantes études supérieures. Jacques était un homme beau, cultivé, bon et courageux, mais la tentative de suicide de son unique fils, et le désastre qui en résultait, ça, il ne pouvait pas l'appréhender. Peut-être un survivant est-il encore moins qu'un autre en mesure de supporter qu'un de ses enfants veuille se donner la mort ? En tout cas mon grand-père a fait comme si rien ne s'était passé. Tous les dimanches, nous déjeunions au restaurant, comme avant, comme lorsqu'on était une famille normale pour de vrai.

J'ai un souvenir atroce de ces déjeuners. J'avais le sentiment de ne faire qu'attendre. J'attendais qu'enfin on crie, on pleure, on se désespère, on engueule mon père. J'attendais qu'on lui dise qu'il n'avait pas le droit d'être là comme sans vie alors qu'il était vivant, un fantôme, vraiment, sans expression, sans regard, sans parole. Et, par-dessous tout, j'attendais qu'on nous plaigne. Oui, j'aurais voulu que quelqu'un nous dise combien il était triste pour nous les enfants d'avoir un père dans cet état. Mais

18

personne n'y a pensé. Simplement parce qu'ils étaient tous trop malheureux pour s'extraire de leur propre chagrin. Leur douleur était telle qu'elle ne laissait aucune place aux enfants. Ainsi, ma famille ne supportant pas l'effondrement de mon père s'est à son tour enfermée dans le silence et nous y a entraînés, nous les enfants. Désormais, on ne parlerait plus de rien. Plus personne ne s'est rien dit pendant des années et des années au cours de ces repas dominicaux. Sauf des blagues juives. Je suis incapable de raconter la moindre blague juive. Vingt ans et quelques de blagues juives en pure perte.

Mais maintenant, c'est terminé. Mon grand-père et ma grand-mère sont morts, les repas dominicaux n'ont plus lieu d'être, et je viens de trouver enfin comment raconter cette histoire. En parlant du silence de mon père, j'allais en finir avec la honte qui m'avait aussi taraudée toutes ces années – la honte est un héritage familial qui se transmet remarquablement bien. J'étais prête, j'étais fière, j'en jubilais presque. J'avais trouvé le titre : *Le Jour où mon père s'est tu*.

2

Rencontres

Ce matin, je passe un étrange examen médical.
C'est ma banque qui l'exige dans le cadre d'un prêt
bancaire immobilier : il faut vérifier que ma santé
me permet d'honorer le crédit que je sollicite sur
quinze ans. Le cabinet, agréé par la banque, se trouve
dans un quartier chic de Paris. Dans la salle d'attente,
je suis la seule femme parmi plusieurs hommes,
tous habillés en cadres supérieurs, plongés dans la
lecture du *Figaro*. Le médecin chargé de m'exami-
ner ouvre la porte : costume-cravate, blouse blanche,
sourire avenant et un badge au nom de Samuel Castro. Samuel est le fils de Roland Castro[1]. Je n'avais
jamais rencontré Samuel, en revanche je connais
Roland depuis toujours. Longtemps cette énergie
qui l'habite m'a littéralement fascinée, cette apparente joie de vivre, ce côté « j'ai gardé intacte ma
bande de potes des belles années révolutionnaires »…
Tellement loin de tout ce qu'était mon père, tellement
dans la vie. Adolescente, quand j'accompagnais ma

1. Pour connaître ou reconnaître les principaux acteurs dont il
sera question, le lecteur trouvera en fin d'ouvrage leurs notices
biographiques (p. 169).

mère à ces fêtes d'anciens combattants où ils aimaient se retrouver, j'étais impressionnée par Roland, pas spécialement beau, toujours accompagné de femmes extrêmement séduisantes : il parlait, il dansait, il buvait, il riait, il fumait, il embrassait. Un jour, dans une interview, j'avais lu que sa citation préférée du président Mao était : « Démerdez-vous ! » Je trouvais que Roland s'était vraiment bien démerdé. J'étais heureuse de faire la connaissance de son fils de façon inattendue, en dehors du cercle de nos parents. Je me disais que ça devait être bien d'être le fils de Roland Castro, que ça devait être gai… On voit toujours midi à sa porte. Après que j'eus répondu aux questions nécessaires au dossier d'emprunt, Samuel m'a examinée pour vérifier que l'organisme de prêt investissait sur une cliente en état de marche. Une fois cette affaire cruciale réglée, nous nous sommes mis à discuter. Non, la politique ne l'intéresse pas du tout, il y est même parfaitement étranger. Il s'est inquiété de voir son père repartir à l'assaut, avec le projet de se présenter à l'élection présidentielle de 2007 : « Mon premier réflexe a été d'avoir peur pour lui. Il a une image de costaud, on le perçoit comme une grande gueule, mais je ne crois pas qu'il y ait de monde plus dur que celui de la politique. Je connais ses fragilités, j'ai craint qu'il ne se fasse casser. Mais de toute façon, tout ce que j'aurais pu dire n'aurait rien changé : il a décidé d'y aller, il y va ! C'est son moteur. Je le préfère secoué là-dedans que tranquille chez lui déprimé. » 1968 n'évoque quasiment rien pour Samuel, si ce n'est son père et sa bande de copains.

« Je vais dire quelque chose d'un peu cruel, mais que mon père sait parfaitement : il est très obsédé par lui-même, très égocentré, et j'ai beaucoup manqué de lui à cause de toute cette histoire-là. Si bien qu'il était hors de question de m'en rajouter encore une petite couche en me coltinant le soir dans mon lit l'histoire de 68 dont j'ai un peu rien à foutre ! »

À l'inverse, Samuel est stupéfait d'apprendre que mon métier est de réaliser des documentaires qui sont pour la plupart politiques et historiques. J'ai même un temps imaginé faire un sujet autour de Roland, soixante-huitard devenu électron libre de l'actuelle course à l'Élysée. Mais tu n'en as pas marre de ces histoires ? Si Samuel, j'en ai marre, mais j'ai du mal à en sortir, ou plutôt j'y reviens toujours. Samuel est neurologue, il travaille le matin dans ce cabinet le temps de rédiger sa thèse. Je lui raconte en quelques mots l'histoire de mon père qu'il ne connaît pas. La tentative de suicide, le coma, le silence depuis. Est-ce que ça a une explication scientifique, un pareil silence pendant tant d'années ? Samuel est perplexe, on a peu de temps pour parler, d'autres candidats au prêt bancaire attendent son blanc-seing médical. Revoyons-nous pour en discuter si tu veux… Quelques semaines plus tard, je vais passer un moment chez Samuel avec les Castro, père et fils, réunis pour la diffusion d'un documentaire sur *Les Maos* dans lequel Roland intervient. Nous sommes dans la cuisine, Samuel prépare à manger. On met la table, les patates sautées grésillent dans la poêle, les verres de vin se remplissent, la compagne de Roland, à qui j'essaie d'expliquer ce que je fais là, me demande si mon père est mort.

Roland : Il n'est pas mort mais…

Samuel : Il a beaucoup changé, c'est ça ?

Moi : Comment décrirais-tu mon père ?

Roland : Ton père ? Ton père, il était brillantissime, mais ça l'a rendu un peu fou tout ça, les années 68… Il y avait deux personnages à cette époque qui me fascinaient. Vivacité, intelligence extrême, génie : il y avait Christian de Portzamparc et lui. C'étaient tous les deux des personnages aristocratiques, qui avaient une pensée extrêmement fine et pointue. Il était rimbaldien, ton père, presque. Il avait une solitude très compliquée à aimer. Il fascinait. Je n'étais pas tellement dans son monde puisque je n'étais pas à Ulm mais aux Beaux-Arts. Les gens d'Ulm avaient des rapports complètement fous avec lui. Les ulmards, à l'époque, c'étaient eux qui dirigeaient tout ça, c'était l'équivalent des énarques d'aujourd'hui, ils avaient d'ailleurs l'arrogance des énarques… Ton père a inventé une construction politique en 68 un peu timbrée, à laquelle il a cru. Et après, il y a des choses qui m'échappent complètement qui sont de l'ordre de sa propre destinée… Du coup, son rival en intelligence qui était un esprit extrêmement malin, au sens diabolique, Benny Lévy, en a profité pour le coiffer au poteau de la chefferie, le marginaliser, l'enfermer dans sa maladie. L'un était Mazarin, l'autre était Louis XIV : je préfère Louis XIV ! La suite… Eh bien ça renvoie à son histoire intime…

Moi : La suite c'est un épisode maniaque en 68, suivi d'une assez longue dépression, sans d'ailleurs qu'on sache vraiment ce qui relève des circonstances historiques, ce qu'il faut imputer à la problématique personnelle ; en tout cas moi je l'ignore. Après ce sont les années 70, je crois globalement assez heureuses pour mon père si je m'en réfère à mes propres souvenirs, et puis cette tentative de suicide en 1981, et depuis le silence. Mon père a arrêté de parler. Il est devenu quasiment mutique…

Roland : Et gentil, surtout ! Alors qu'il était méchant…

Moi : Méchant ???

Roland : Oui, méchant, comme tous les gens qui ont une intelligence extrême. J'aimais bien Robert, mais j'étais assez moqueur parce qu'il avait un sérieux un peu ridicule. Ceux qui ont choisi Lacan s'en sont sortis, ceux qui ont choisi Althusser ne s'en sont pas vraiment sortis[1] ! Ton père était un glorieux qui se mettait en danger. Un grand chef de guerre. En même temps, il fait partie de ces gens qui, entre le réel et la théorie, choisissent la théorie. À l'époque, ils étaient tous pris dans le délire des structures, « le sujet était pris dans la structure », ils adoraient ça, c'était une possibilité de manipulation formidable. Ils ont été fous de structuralisme, et d'Althusser. Althusser osant écrire à propos de 68 dans *L'Humanité* : « Le mouvement est contraire à la théorie » ! Sauf que le mouvement était là ! Ils avaient une passion abstraite pour la pensée, surtout celle de Marx : « la pensée de Marx est toute-puissante parce

1. Comme par hasard, au détour d'une conversation avec Samuel, j'apprendrai que Roland a été analysé par Lacan…

qu'elle est vraie », répétaient-ils ! Ils avaient une passion scientiste pour le marxisme, et ils ont loupé ce qui pointait en 68 : l'individu. Ils se sont enchaînés à une pensée qui n'avait rien à voir avec 68, alors que 68 c'était l'individu déchaîné.

Moi : Depuis 68, tu as revu Robert ?

Roland : Je le rencontre de temps à autre...

Moi : Son silence ne t'étonne pas ?

Roland : Il dit quelques mots quand même... En fait je le vois comme quelqu'un qui est pacifié, très pacifié. Alors, évidemment, on est très étonné de voir Robert pacifié.

La compagne de Roland : Il a dû connaître de très grandes déceptions, non ?

Roland : Il a été établi en usine, il en a fait un livre admirable[1], il a écrit aussi sur le Nordeste brésilien, ça s'appelle *Le Sucre et la Faim*[2], c'est un très très beau livre, il avait une sensibilité inouïe... Le reste renvoie à sa propre histoire, sa configuration familiale... Toutes sortes de choses sur lesquelles je ne me prononcerai pas.

Je sors songeuse de chez Samuel Castro, et troublée. Au cours de la discussion avec Roland, je n'ai rien appris que je ne sache déjà... Si, une chose oubliée, refoulée peut-être... cette fameuse « méchanceté » dont j'ai maintes fois entendu parler s'agissant de mon père lorsqu'il était dirigeant politique :

1. Robert Linhart, *L'Établi*, Éditions de Minuit, 1978.
2. Robert Linhart, *Le Sucre et la Faim*, Éditions de Minuit, 1980.

sa dureté envers les autres, son arrogance, son intolérance, son élitisme. Un trait de caractère qui ne colle
plus avec le père d'aujourd'hui comme si, avec le
silence, la méchanceté s'était évaporée. Je repense
à ce moment passé en compagnie des Castro. Lorsque
nous regardions ce documentaire sur *Les Maos*, la
proximité entre le père et le fils m'a fascinée. Épaule
contre épaule, main dans la main, ils écoutent
ensemble un pan de la vie du père. Leur tendresse
mutuelle est palpable, évidente. Je découvre éton-
née qu'effectivement Samuel ne sait rien de cette
histoire que je maîtrise parfaitement. Donc on peut
y échapper. Et l'amour filial n'a rien à y voir. C'est
la première fois que j'entre un peu dans l'intimité
d'un autre enfant de 68. Jusqu'alors le mutisme de
mon père était si écrasant qu'interroger cet épisode
par un autre prisme que celui de la tragédie paternelle m'était impossible. Soudain, la liberté de Samuel
vis-à-vis de ce passé me fait entrevoir une chose
simple, que j'avais complètement oubliée, absorbée
par ma douleur de fille à la recherche d'un père
perdu : derrière eux, il y a nous.

Peu de temps après, je suis invitée à une fête chez
quelqu'un que je connais à peine. Je m'y rends seule
et curieuse, disponible. C'est raté, je m'ennuie.
Encore une petite demi-heure et je repars sans ris-
quer d'être impolie. C'est alors qu'on me tape sur
l'épaule : « Excuse-moi, tu t'appelles Virginie Linhart ? Lamiel Barret-Kriegel, la fille de Philippe
Barret et de Blandine Kriegel. » Je suis éberluée
par cette entrée en matière qui ne manque pas de

panache. Lamiel embraye aussitôt : « Tu sais que toute mon enfance j'ai entendu parler de Robert Linhart ? » Silence poli et petit hochement de tête aimable de ma part. « Lorsque mon père parlait du tien, il disait : "C'était le meilleur d'entre nous, le plus brillant de très loin, le plus extraordinaire, le plus séduisant." J'ai toujours entendu mon père décrire le tien comme un être absolument fascinant. Et mon père n'est pas précisément quelqu'un qui admire ou s'exalte facilement pour des individus en particulier. Il parlait d'un destin brisé, il disait toujours : "C'est terrible, il aurait été tellement loin, il aurait fait une carrière tellement extraordinaire. Ce qui s'est passé est tellement dommage." Il ajoutait : "Il est devenu fou." Il en parlait comme d'un événement extérieur, comme d'un accident de voiture qui aurait brisé net ton père dans son ascension, comme si la main de Dieu s'était abattue sur lui. Mon père n'a jamais essayé de m'expliquer ce qui était arrivé à ton père. C'était comme ça, le destin. »

Dans la bouche de Lamiel, toujours ces mêmes mots qui reviennent en boucle : la supériorité de l'intelligence, la fascination que mon père exerçait sur les autres, l'incompréhension quant à son parcours… J'ai brusquement, avant même d'avoir commencé cette enquête que je veux entreprendre sur son silence, le sentiment d'avoir déjà tout entendu. Et s'il n'y avait rien à attendre de la génération de nos parents ? Finalement, que peuvent-ils m'apprendre sur un homme qui n'appartient plus à leur monde depuis près de vingt ans ? Je connais par cœur ces récits à la gloire perdue de mon père, cette litanie des regrets. Je l'ai si souvent entendue qu'elle ne parvient même plus à m'émouvoir. Elle me semble appartenir à une mythologie que le temps a progressivement figée. Je ne sais quoi répondre à Lamiel ; je m'apprête à m'esquiver. Mais soudain Lamiel évoque son enfance, je l'écoute, elle pourrait décrire la mienne : ces week-ends entiers dans des pièces enfumées à attendre enfin que nos parents et leurs camarades cessent de discuter et se rappellent que nous existions. Elle ajoute qu'elle n'en revient pas de passer tous ses samedis et dimanches au square pour que ses fils prennent l'air : « C'est délirant, cet écart entre la façon dont nous avons été élevés et la manière dont nous nous occupons de nos gosses ! D'ailleurs, je ne crois pas qu'il y ait une journée sans que je me dise : surtout, ne pas faire comme mes parents ont fait avec moi ! » Je lui demande si, enfant, elle a connu le féminisme militant ? Non, sa mère était une sympathisante lointaine du MLF, mais elle avait déjà, à l'époque, rompu avec toute forme de militantisme. Et la tienne ? me demande-t-elle. Dans un flash, je revois cette affiche placardée dans les toilettes chez nous : ces slogans, lus et relus dix fois par jour petite fille, me voilà en train de les réciter à Lamiel comme un automate : « Une femme sans homme c'est comme un poisson sans bicyclette », « Viol de nuit, terre des hommes », « Qui viole un œuf, viole un bœuf »…. Lamiel rétorque en évoquant le souvenir précis qu'elle a gardé de la nudité des adultes : « Qu'est-ce qu'ils ont pu nous emmerder avec leur exhibitionnisme ! Ils étaient tout le temps à poil ! » Un flash encore : dans notre salon était accrochée une gravure. Elle était de Topor. Elle nous terrifiait, mon frère et moi : une femme nue, les jambes écartées, ses cuisses comme deux scies faucheuses, et entre ses jambes un homme à genoux, en costume-cravate, sans tête ; la tête de l'homme a roulé devant les pieds de la femme, les cuisses de la femme sont ensanglantées. Deux images avec lesquelles je vivais quotidiennement : l'une (l'affiche féministe) qui disait combien les hommes étaient dangereux, l'autre (la litho) racontait l'exact inverse. Il m'en faudra, du temps, pour me réconcilier avec ces injonctions contradictoires. C'est finalement dans un éclat de rire que nous convenons, Lamiel et moi, que le miracle incroyable est d'avoir échappé à la vie en communauté ! Et aussi que nous devons une fière chandelle à l'analyse : sans ces années de divan, nous n'en serions pas là à nous raconter tout ça, entre l'énervement et le rire, mais sans pleurer. Sans pleurer.

Avec Lamiel, avec Samuel, je partage quelque chose que je repère aussitôt lorsque nous parlons ensemble : nous, les enfants, passions après la politique. Et il s'agissait d'un projet collectif. J'avais plongé dans le roman d'Olivier Rolin, *Tigre en papier*, qui retrace l'histoire d'une poignée de militants maoïstes de ces années-là. Je m'étais bien sûr identifiée à cette jeune fille qui cherche auprès du narrateur un témoignage sur son père, mort lorsqu'elle était enfant : « Alors toi, évidemment, son "meilleur ami"… tu es le premier témoin appelé à la barre… (…) Dis-moi qui il était. Mais, Marie, je ne peux pas te parler de lui sans te parler de nous. Je ne sais pas comment te faire comprendre ça, on n'était pas tellement des "moi", des "je", à l'époque. Ça tenait à notre jeunesse, mais surtout à l'époque. L'individu nous semblait négligeable, et même méprisable. Treize, ton père, mon ami éternel, c'est l'un des nôtres. Un des brins d'une pelote. Je ne peux pas le débrouiller, le dévider, l'arracher de nous, sinon je le ferais mourir une seconde fois. Sans nous son image se fanerait – sans "nous", toutes nos mémoires s'effacent[1]. » Comme Marie, son héroïne, j'avais demandé à Olivier qui était mon père en ce temps-là. Il ne m'avait rien répété que je n'aie déjà entendu : il était brillant, il était cassant, il n'était pas spécialement gentil, plutôt le contraire même. « L'histoire des révolutionnaires d'alors, c'était l'histoire de la soumission, avait continué Rolin, on se soumettait au plus fort, à l'époque c'était ton père, magnifique d'intelligence. Je n'avais pas l'ombre d'un doute sur la justesse de ses analyses, même lorsqu'il voyait dans les manifestations du Quartier latin un complot social-démocrate destiné à empêcher les étudiants d'aller dans les usines… Enfin, pas l'ombre d'un doute jusqu'à ce que j'aille me rendre compte par moi-même ! » avait-il conclu en souriant. J'avais hoché la tête. Même cette histoire-là, Olivier, je la connais. Ces savantes et délirantes constructions échafaudées par mon père pour que la réalité du mouvement de mai 68

1. Olivier Rolin, *Tigre en papier*, Seuil, 2002, p. 58-59.

ne vienne surtout pas contrecarrer son édifice théorique.

Progressivement, j'entrevois que ce que je cherche, je ne le trouverai pas là auprès de vous, ses anciens compagnons. Je ne peux pas continuer indéfiniment à vérifier auprès de tout le monde ce que mon père a été et n'est plus. C'est son histoire. J'ai dit la folie, la tentative de suicide, puis le silence. J'ai dit que j'avais quinze ans alors. J'ai dit aussi la chape de plomb tombée sur ma famille. Une famille, terrassée par l'effondrement de son héros révolutionnaire, s'enfermant à son tour dans un silence honteux et nous y entraînant, nous les enfants. Mais je n'ai pas encore raconté qu'avec ce silence, c'est toute mon enfance qui a été engloutie du jour au lendemain. L'enfance, c'était avant. Quand mon père s'occupait de nous, quand il allait bien. Après, il n'y a plus eu d'enfance. Fini, terminé, poubelle. Je comprends soudain que ce que je recherche ne viendra pas de ceux sur lesquels je comptais. Il n'est plus temps d'écouter les anciens compagnons de mon père. Ils ne peuvent plus rien m'apprendre que j'ignore encore. J'ai besoin des enfants ; des enfants de ces parents-là, qui voulaient faire la révolution en 1968, et ne pensaient même qu'à ça. Nous, ces enfants-là, étions comme eux les adultes, nous étions pris dans leur monde, dans leur rêve, leur projet, nous n'étions pas des « je ». J'ai mis un temps fou à saisir cela, dans une société où désormais c'est tout l'inverse, où le collectif est devenu presque une grossièreté, où l'on ne parle plus que de l'individu. Dans notre enfance, le « nous » passait systématiquement avant le « je », parfois même de façon outrancière et destructrice. C'est en allant à la rencontre d'autres enfants qui appartenaient précisément à cette « pelote » que je tire le fil, et reconstitue l'histoire. L'histoire d'enfants qui sont élevés par des parents totalement absorbés par la politique. C'est en parlant avec eux que me reviennent les bribes de ma propre enfance, cette enfance engloutie lorsque j'avais quinze ans dans le silence paternel, la honte familiale. En explorant leurs souvenirs surgissent les miens. Sans eux, je ne peux rien. Leurs récits libèrent ma parole.

Avec 68, nos parents ont un temps imaginé que tout était possible. On pouvait avoir été reçu à dix-neuf ans à Normale sup et se faire embaucher comme ouvrier à la chaîne chez Citroën à vingt-quatre ans, comme mon père, pour devenir établi. On pouvait être issu d'une grande famille industrielle parisienne et choisir de plaquer ses études pour aller élever des chèvres. On pouvait décider que l'ordre bourgeois, la cellule familiale, le couple, étaient des notions insupportablement conformistes et s'installer en communauté. On pouvait, au nom du féminisme, déclarer que ce qui était le plus important était de vivre sa vie de femme même au détriment de ses enfants… Parce qu'il y avait des enfants. C'est vers eux que je décide d'aller à présent. On a donné la parole à leurs parents, surtout à ceux qui sont devenus des soixante-huitards célèbres. Ils ont dit combien ce mouvement a représenté un formidable souffle de liberté dans l'atmosphère étouffante de fin de règne gaulliste. Ils ont insisté sur tout ce que « nous », collectivement, leur devions. Incontestablement, il y a un avant et un après 68, la société s'en est trouvée profondément changée (libération des mœurs, plus grande égalité entre les hommes et les femmes…), en mieux. Non seulement nos parents ont fait leur révolution, mais ils se sont aussi beaucoup expliqués par la suite sur ces événements. En revanche, on ne sait presque rien de la façon dont les enfants ont vécu la mise en acte du « Tout est possible » de leurs géniteurs. Si je me réfère à ma propre histoire, mai 68 n'est pas seulement l'histoire de mes parents, c'est aussi la mienne. Complètement. Les événements de mai 68 ont bouleversé ma vie aussi sûrement qu'ils ont transformé la leur.

Ma naissance ne fut accompagnée d'aucun faire-part. C'est pourquoi j'ai trouvé amusant que *Génération*, le récit des années militantes de nos parents, officialise vingt ans plus tard mon arrivée dans ce monde : « Tandis que Robert compte et recompte ceux qui sont sur ses positions, exige le micro, vire-volte, met les rieurs de son côté, harcèle la tribune, Nicole pâlit et quitte l'assistance. Le terme est proche, elle est prise de douleurs. La petite Virginie s'annonce. Dehors, le ciel est noir, il neige à l'aube du printemps. Mais demain, l'Orient sera rouge[1]. » Après avoir été exclu de l'Union des étudiants communistes (UEC), mon père, à la tête du courant des « althussériens », fonde à la fin de l'année 1966

1. Hervé Hamon, Patrick Rotman, *Génération*, tome I, *Les Années de rêve*, Seuil, 1987, p. 317.

l'Union des jeunesses communistes marxistes-léninistes, dite UJC (ml). L'UJ, résolument prochinoise, recommande l'établissement des militants en usine. Selon la métaphore de l'époque, il faut être prêt à « descendre de cheval pour cueillir les fleurs[1] ». Alors que je passe l'été de ma première année à Sardan dans le sud de la France avec Nicole, ma mère – mon père est l'invité du président Mao ; aux côtés de quelques autres camarades de l'UJ, il enquête sur les bienfaits de la révolution culturelle en Chine. Le 14 août 1967, il écrit à ma mère de la chambre 310 de l'hôtel des Nationalités, à Pékin, la lettre suivante : « Mon chaton, hier nous avons visité une commune populaire ; j'attendais cela depuis 1964 ; c'est aussi bien que nous l'imaginions. C'est la voie lumineuse que prendront tous les affamés du monde, tous les paysans de la zone des ténèbres et des tempêtes. Nos entretiens avancent et nos rapports avec les camarades chinois sont de plus en plus excellents. Il nous reste deux jours à passer à Pékin, bourrés d'entretiens prévus, avant de partir dans l'intérieur (Kharbin, Shanghai, etc.). Nous avons à peine une minute de répit de temps en temps. Embrasse très fort le bébé pour moi. Je t'aime. Je te couvre de baisers. Tu iras en Chine l'année prochaine, je le veux absolument (et nos amis chinois te connaissent déjà). Robert. »

1. Une formule prêtée à Mao Tsé-toung et popularisée par les gardes rouges au cours de la révolution culturelle chinoise, cf. Virginie Linhart, *Volontaires pour l'usine*, *op. cit.*

Un an plus tard, en mai 1968, le destin de mon père, emblématique de cette façon absolue de faire de la politique qui caractérisait les maoïstes, bascule de façon irrémédiable. Tout à son organisation, mon père ne voit pas mai 68 arriver. À la théorie, se mêle le sentiment de supériorité : l'UJC (ml) est au cœur de l'Histoire, les établis en sont les soldats, les manifestations de mai sont forcément un « mouvement petit-bourgeois étudiant » puisqu'elles n'ont été ni prévues, ni souhaitées, ni déclenchées par la direction de l'organisation. Par conséquent mon père exige et obtient de ses militants – ce qui en dit long sur son pouvoir de persuasion d'alors – qu'ils se tiennent à l'écart des manifestations qui embrasent le Quartier latin. Chacun de nous connaît la suite de l'histoire : le 13 mai 1968 débute la grève générale en France. Mon père n'y assistera pas. Il vient d'être hospitalisé d'urgence dans un état alarmant, épuisé psychiquement par les journées sans manger et les nuits sans dormir à débattre et argumenter. J'ai toujours un serrement de cœur pour cet homme qui, au moment où le rêve de sa vie se réalise, au moment où commencent les occupations d'usines les plus spectaculaires que la France ait connu depuis 1936, bascule.

Au mois de septembre 1968, Robert sortit de l'hôpital et, encore convalescent, assiste impuissant à l'effondrement de son édifice. L'UJ s'écroule dans les règlements de comptes et les attaques personnelles. L'ancien chef part en usine, mettre en pratique ce qu'il recommandait naguère à ses militants. « Me voici donc à l'usine. "Établi." L'embauche a été plus facile que je ne l'avais pensé. (…) Je répondis brièvement aux questions, taciturne et inquiet. Ma piètre mine ne devait pas détonner dans l'allure générale du lot des nouveaux embauchés. Elle n'était pas de composition : le laminage des convulsions de l'après-mai 1968 – un été de déchirements et de querelles – était encore inscrit sur mes traits, comme d'autres, parmi mes compagnons, portaient la marque visible de la dureté de leurs conditions de vie[1]. » Ma mère, Nicole, qui s'était établie dans une usine de charcuterie au Kremlin-Bicêtre l'année précédente, choisit de reprendre ses études de pharmacie. Je m'aperçois, en écrivant ce récit, que je connais finalement bien mieux la chronologie de l'histoire militante de mes parents que celle de ma petite enfance. J'ai deux ans. Je ne garde naturellement aucun souvenir de cette période houleuse. Par exemple, j'ignore la façon dont j'ai pu être gardée durant ces années mouvementées. Si j'en juge par l'attachement très fort que j'ai porté jusqu'à leur disparition à mes grands-parents paternels, d'une part, et à Lucia, ma grand-mère maternelle, de l'autre, il me semble évident que j'ai dû passer beaucoup de temps auprès d'eux dans ma petite enfance. Avec les années me reviennent quelques bribes, comme des instantanés. À cinq ans, mon objet fétiche était un mange-disque orange que je trimballais partout pour écouter cet opus entraînant dont je ne me lassais jamais :

1. Robert Linhart, *L'Établi*, *op. cit.*, p. 15-16.

Écoutez-les nos voix qui montent des usines
Nos voix de prolétaires qui disent y en a marre
Marre de se lever tous les jours à cinq heures
Pour prendre un car un train parqués comme
du bétail
Marre de la machine qui nous soûle la tête
Marre du cheffaillon, du chrono qui nous crève
Marre de la vie d'esclave, de la vie de misère,
Écoutez-les nos voix elles annoncent la guerre
Nous sommes les nouveaux partisans,
francs-tireurs de la guerre de classe
Le camp du peuple est notre camp,
nous sommes les nouveaux partisans !

Encore aujourd'hui, je suis capable de chanter d'une traite les paroles enregistrées alors par la chanteuse Dominique Grange pour soutenir la Gauche prolétarienne (GP), l'organisation maoïste bâtie sur les ruines de l'UJC (ml) ; et elles continuent de me faire vibrer.

En 1972, mes parents se séparent, ils divorceront l'année suivante. Comme beaucoup d'autres, leur couple n'a pas survécu à la fin des années militantes. Je ne sais quasiment rien de cette rupture. C'est ma mère qui l'a initiée. Elle avait fini par en vouloir beaucoup à mon père du sacrifice permanent sur l'autel de la politique de leur vie, amoureuse et familiale. Leur séparation reste pour moi liée à un chiot que je ne pouvais pas garder parce que nous déménagions. Je revois encore la tête du garagiste à qui nous souhaitions le refiler, lorsqu'il m'a demandé le nom de mon mignon petit chien : « MLF ! » ai-je lancé fièrement. « Eh bien on va lui changer son nom ! » a-t-il aussitôt rétorqué. Ma mère avait quitté un engagement pour un autre : de maoïste, elle était devenue féministe. C'était cela, la grande affiche en noir et blanc accrochée au mur des toilettes, qu'on ne pouvait faire autrement que de parcourir lorsqu'on était assise là. C'était la raison de ces slogans qui répétaient combien l'homme pouvait être un agresseur pour la femme, c'est pour ça aussi que longtemps, la nuit, j'ai eu peur en y pensant. Dans mon souvenir, l'univers féministe était effrayant ; je revois ces fêtes de femmes où beaucoup dansaient seins nus sur les tables. L'exhibitionnisme, l'exubérance, le bonheur à être entre elles me glaçaient. Parce que, enfant, je ne le comprenais pas. « Les copines », comme elles s'appelaient entre elles, avaient la dent dure en dépit des « ma chérie » qui émaillaient leurs échanges. Coquetterie et féminité étaient impitoyablement raillées ; se regarder dans la glace provoquait les sarcasmes : à qui est-ce que je voulais plaire ? À la terre entière, comme toutes les petites filles. Est-ce que je croyais au Prince charmant ? Oui, justement, j'en rêvais, du Prince charmant. Mais il aurait été périlleux de le claironner.

Avec mon père, les plus beaux moments se passaient dans les Cévennes. Mes parents séparés, mon père louait à l'année une maison, le Méjanet, perchée en haut d'une montagne. C'était là qu'il écrivait et que nous passions une partie de l'été, mon frère et moi ; entre nous il y avait quatre ans de différence, j'étais l'aînée. Du plus loin que je me souvienne, nous ne nous quittions jamais. Nous faisions tout ensemble. Au Méjanet, nous dormions côte à côte dans un grand lit en bois, surplombé de l'effigie triomphale du président Mao barbotant dans un fleuve, entouré de gardes rouges souriants. Ça ne s'invente pas. Pierre et moi étions une grande partie du temps livrés à nous-mêmes. Nous allions nous baigner à la rivière en bas de la maison, nous jouions dans la montagne, nous faisions des concours de celui qui arriverait à pisser le plus loin. Emprunter une fois par semaine le nombre maximal autorisé de BD à la bibliothèque municipale de Sumène pour tenir la semaine en haut de la montagne du Méjanet était un événement, aller au marché de Ganges le vendredi matin était une fête. Une fois dans le mois, notre père faisait une concession à notre isolement aoûtien et nous emmenait passer deux jours à la Grande-Motte. Une parenthèse fabuleuse pour nous les enfants, les vraies vacances : une plage bondée, des marchands ambulants, des restaurants bruyants, et une nuit à l'hôtel en prime. Aujourd'hui encore, ce souvenir m'émeut, je mesure l'effort que cette petite excursion estivale lui demandait.

Dans la montagne qui faisait face à celle du Méjanet vivait une communauté qui retapait un hameau abandonné, appelé le Galon. Yves Janin, ancien numéro un du service d'ordre de l'UNEF à la Sorbonne, et originaire de la région, était le maître des lieux. Ce qui me plaisait tant au Galon, c'était le monde, tous ces gens qui y habitaient, au regard de notre solitude. Lorsque nous y allions – rarement – ou que ses habitants venaient se baigner à la rivière, et que nous nous y trouvions mon frère et moi, nous passions des heures à les observer. Surtout les enfants, nombreux et gais, difficilement identifiables parce que toujours nus, ou seulement vêtus d'une culotte. Ce n'est que bien plus tard que j'ai appris qu'au Galon sévissait la quête éperdue d'un antimodèle dont le symbole entre tous était la dissimulation des filiations ; les enfants étaient issus du groupe et « n'appartenaient à personne ». Pourtant, moi, j'avais le sentiment que tous ces enfants savaient très bien qui étaient leur père et leur mère.

Les enfants du Galon sont devenus grands : ils doivent approcher des quarante ans aujourd'hui, et je me demande comment ils s'en sont tirés dans ce monde aux valeurs et aux priorités radicalement différentes de celles qui guidaient les choix de leurs parents… Des leurs, des miens… Est-ce que cela fait de nous une génération inadaptée à la société actuelle, ou au contraire complètement en phase ? Est-ce que l'esprit de 68 perdure en nous d'une manière ou d'une autre ? Ou bien nous sommes-nous construits en réaction à cet esprit-là ? Avons-nous en héritage commun la nostalgie d'une période à jamais révolue, ou au contraire un rejet et une volonté de différenciation qui guident notre quotidien d'adultes ? Ayant observé très jeunes les amers dégâts de l'engagement militant, sommes-nous capables de nous engager en politique ? Et d'ailleurs que représente la politique pour nous ?

Je me rends compte que je suis bien incapable de répondre de façon précise à ces questions me concernant. Oui, cette période de 68 a évidemment laissé des traces. La preuve, cet enfermement que je ressens, qui me pousse aujourd'hui à écrire pour essayer de mieux comprendre ce que j'ai vécu. De ce temps, je garde certaines blessures. Mais j'ai appris à vivre avec. Ce sont elles, aussi, qui m'ont construite, définie, renforcée. Oui, j'ai fait miens certains des principes de ces années (l'idée que tout est politique, la contestation de l'autorité, la lutte pour l'égalité des sexes, le féminisme), tout en en rejetant radicalement un certain nombre d'autres (le militantisme, la liberté sexuelle, la dénonciation de l'ordre bourgeois, le laxisme envers la drogue). Je suis dans un perpétuel marchandage intérieur entre les valeurs qui m'ont été inculquées petite et le monde dans lequel je vis actuellement. Alors je voudrais savoir où en sont les autres ; ceux qui ont accompagné leurs parents fabriquer des fromages de chèvre alors qu'ils auraient dû grandir dans l'île Saint-Louis : où vivent-ils aujourd'hui ? À la campagne ou dans les beaux quartiers ? Ceux qui ont assisté à la descente aux enfers du couple parental, une fois la fin des illusions militantes avérée, ont-ils réussi à leur tour à aimer ? Ceux qui ont connu l'absence de toute vie familiale, au nom du juste sacrifice à la cause, peuvent-ils eux-mêmes faire de la politique ?

Je parle à des amis de ce projet. Certains sont réticents : est-il question de juger nos parents ? Est-ce que je vais participer à ce grand mouvement de réaction qui, depuis quelque temps, voue les années

68 au pilori et les rend responsables de tous les maux de la société actuelle ? Je me rebiffe, je ne veux pas être enfermée dans une case, ça suffit ! J'ai été seule trop longtemps, je suis à la recherche de mon histoire collective, je parie sur l'idée d'une série de thématiques qui ont joué un rôle central dans nos vies d'enfants. Je pars à l'aventure des autres sans savoir qui ils sont.

3

Eux et nous

À partir du moment où j'ai décidé de m'intéresser à « nous », les enfants, plutôt qu'à « eux », nos parents, le hasard a voulu que je multiplie les rencontres fortuites qui allaient dans le sens de cette curiosité. Je l'ai pris comme un signe, et j'ai suivi cette route. Je ne voulais surtout pas d'une enquête qui aurait valeur d'exhaustivité ou prétention sociologique. J'ai sans cesse opéré sur le mode du ricochet, de l'association d'idées, du souvenir enfoui et soudain réapparu, de la rencontre inattendue.

C'est par une amie qui travaille avec René Lévy que j'ai retrouvé sa trace. Elle lui avait demandé s'il me connaissait, il lui aurait répondu : « Nous étions les deux enfants de la GP. » Mon cœur a bondi lorsqu'elle m'a rapporté ce propos. C'était la première fois que quelqu'un de mon âge faisait référence à ce passé commun et ignoré du plus grand nombre. C'est pour cette phrase que j'ai souhaité rencontrer René. Nous étions au moins deux. Nous étions les deux. Un matin j'ai donc appelé René après avoir longuement fixé son numéro. Il m'a donné rendez-vous pour le jour même, dix-huit heures trente à l'Holiday Inn, place de la République. J'ai demandé comment nous allions nous reconnaître, il m'a répondu que ce serait facile : il porte la kippa.

Toute la journée, j'ai eu un trac terrible à l'idée de cette rencontre. Nous étions les deux enfants de la GP avait-il dit ; qui serions-nous l'un pour l'autre ? Les trajectoires de nos pères sont à la fois totalement imbriquées et fondamentalement divergentes, la kippa que René porte aujourd'hui, alors que je suis athée, n'en est que le signe le plus tangible. Son père, Benny Lévy, était juif sépharade et né en Égypte, le mien juif ashkénaze polonais né en France. Tous deux normaliens, ils se sont connus à Ulm et Benny est devenu le second de mon père lorsque ce dernier a fondé l'UJC (ml). Mon père était alors le chef, incontestable et de fait incontesté. Je l'ai raconté, il fascinait ses troupes par son talent d'orateur, il les terrorisait aussi par son extrême dureté et son incommensurable intolérance. Avec mon père paraît-il, c'était la ligne rien que la ligne, celle qu'il avait tracée, à travers ses lectures marxistes et maoïstes. En mai 68 cette ligne s'est révélée gravement erronée. *Exit* le dirigeant charismatique. Camisole de force pour celui que ceux qui l'adulaient hier appellent désormais le fou. C'est Benny Lévy qui naturellement prend la relève. Il est à la tête de la liquidation de l'UJC (ml) en septembre 1968, au cours de journées d'une violence rare, paraît-il. Mon père est au centre de toutes les attaques. J'ai lu quelque part qu'une militante lui aurait même craché au visage. Il est celui qui s'est trompé. On pardonne difficilement à un chef de se tromper. Et la folie est très mal vue en milieu révolutionnaire.

Mon père n'a pas su diriger, il va se rééduquer au sein du prolétariat ouvrier, là où les conditions de travail sont les plus dures : à la chaîne. Le voilà établi. OS chez Citroën, il y passera un an de sa vie. Sur les décombres de l'UJ, Benny Lévy fonde la Gauche prolétarienne, dite GP, organisation minuscule qui ne rassemble que de très rares militants restés fidèles à l'idéal maoïste. Sous l'égide de Benny Lévy[1], l'organisation maoïste ne cessera de croître en importance et en influence entre la fin 1968 et 1973. Mon père est en retrait et je connais mal son rôle dans cette période qui est pourtant l'âge d'or des maos. Je sais juste qu'en 1971 il devient un temps le rédacteur en chef d'un des deux journaux de la GP, *J'accuse*. Ce mensuel, reconnu pour ses qualités rédactionnelles[2], inspirera directement le quotidien *Libération* initié par les maos[3]. À l'automne 1973, Benny Lévy décide l'autodissolution de la Gauche prolétarienne. C'est la fin du maoïsme en France.

1. Alors dirigeant clandestin, Benny porte le nom de Pierre Victor.
2. Laboratoire intellectuel, *J'accuse* comptait, dans son comité de rédaction, Jean-Paul Sartre, Michel Le Bris, André Glucksmann, Michel Foucault, Maurice Clavel, Jean-Luc Godard, Jacques-Alain Miller, Jean-Claude Milner, Christian Jambet…
3. François Samuelson, *Il était une fois* Libé…, Seuil, 1979, rééd. Flammarion, 2007.

Benny et Robert ne se verront plus et prennent alors des chemins très divergents. Du moins en apparence. De 1973 à la disparition du philosophe en avril 1980, Benny devient le secrétaire particulier de Jean-Paul Sartre. Il s'oriente ensuite vers la lecture des œuvres de Levinas et des premiers textes bibliques, participe à la fondation des éditions Verdier. Mon père continue de s'intéresser aux lieux où une possible révolution se dessine, il parcourt le Portugal, le Mozambique, l'Angola, il écrit son expérience d'ouvrier en usine. *L'Établi*, paru en 1976, rencontre un succès aussi impressionnant qu'inattendu. Robert devient un écrivain reconnu, un intellectuel en vue. Cinq ans plus tard, il publie un deuxième récit, implacable, qui décrit les conditions de vie des paysans coupeurs de canne à sucre dans le Nordeste brésilien, *Le Sucre et la Faim*. Pendant toutes ces années, j'ai l'impression qu'il mène une vie intense tant sur le plan intellectuel que personnel. Il s'est remarié avec Ana Maria, une sociologue brésilienne, réfugiée politique. Clara, ma sœur, naît de leur union en 1977. Dans mon souvenir, mon père n'est pas souvent là auprès de nous. Mon frère et moi recevons de nombreuses cartes postales envoyées du monde entier de sa belle écriture ronde qui nous permettait de le lire sans demander aux adultes. Je garde l'image d'un homme occupé, entouré et, je crois, plutôt heureux.

En 1981, mon père affronte une nouvelle crise maniaque suivie d'un épisode dépressif grave. Cette fois, il manque y rester. Après une période de coma, il revient à lui. Et s'enferme dans le silence. Petit à petit, les compagnons de route, les amis, les admirateurs désertent. Paraît-il que lorsqu'on a connu Robert « avant », il est insupportable de le voir « comme ça ». Bien longtemps après, une de ses proches me dira : « J'ai cessé de venir le voir. Tu comprends, à chaque fois, j'avais un accident de voiture en repartant. » J'étais restée silencieuse. Que répondre ? Que je comprenais que cela revenait cher, la visite de courtoisie ?

En 1984, Benny Lévy choisit lui aussi de faire retraite, mais autrement. Il part étudier près de dix ans dans une *yeshiva*[1] à Strasbourg, puis il « fait son *alya* » – son « retour » en Israël – avec femme et enfants en 1995. Désormais juive orthodoxe, la famille Lévy vit dans un quartier religieux de Jérusalem. C'est là que Benny fonde avec Bernard-Henri Lévy et Alain Finkielkraut, l'Institut d'études lévinassiennes qu'il anime[2]. Pendant très longtemps, j'ai caressé le projet d'aller un jour visiter Benny en Israël. J'imaginais qu'il accepterait de me parler de sa relation avec mon père, de sa perception des événements, de ses souvenirs politiques. Robert devenu muet, je pensais que Benny était la bonne personne pour me raconter leur histoire commune. Le 15 octobre 2003, Benny est mort d'une crise

1. Centre d'études talmudiques réservé aux hommes.
2. Benny Lévy dirigeait à Jérusalem une école professorale, émanation de Paris-VII. L'Université française ayant décidé de supprimer cette école dirigée par un juif religieux, Benny animera ensuite l'Institut d'études lévinassiennes, lieu de parole et de transmission philosophiques.

cardiaque. Le matin suivant sa disparition, l'annonce de sa mort en une du journal m'a littéralement coupé les jambes. Je me suis assise tremblante sur un banc. Un pan de mon histoire disparaissait avec cet homme. Rencontrer René était donc une sorte d'évidence.

J'ai tout de suite reconnu René à la terrasse de l'Holiday Inn. Il était en effet le seul homme portant une kippa. J'ai immédiatement été fascinée par son visage, j'ai pensé qu'il ressemblait à Benny en ashkénaze. Il a repris, après la mort de son père, le flambeau de l'Institut d'études lévinassiennes. Il se bat pour le faire fonctionner ; il cherche de l'argent, des sponsors, des locaux pour perpétuer la fondation de son père tout en achevant de rédiger sa thèse de philosophie à la Sorbonne. Il est marié, sa femme, selon la religion, porte la perruque, ils ont cinq filles. Il souhaite un fils, pour transmettre le nom de son père. Il gagne sa vie en donnant des cours de philosophie dans un lycée juif privé. Il est drôle, intelligent, cultivé, passionné et chaleureux. Lors de notre première rencontre, on parle comme si on se connaissait depuis toujours. Il évoque Mao que citait Benny – « commencer par les villages pour attaquer la ville » –, m'explique sa stratégie politique pour obtenir la reconnaissance publique de l'Institut, ne sait rien de Robert sauf que c'était quelqu'un de très important pour son père, qui aurait « basculé en 1968 » selon Benny. René est né en 1970, soit quatre ans plus tard que moi. Il me dit en rigolant avoir « tout fait » : Lip, le Larzac, les réunions politiques à Verdier[1]... En l'écoutant, je comprends que s'il est bien l'enfant de la GP, moi je suis l'enfant de l'UJC (ml) : l'enfance qu'il raconte n'est pas la mienne.

René garde un souvenir lumineux de cette époque. Il aimait l'atmosphère de ces réunions, dont il était le témoin sans en comprendre un traître mot. Il parle de la fraternité vécue. Au fil de notre conversation, des souvenirs resurgissent : Benny le portant sur ses épaules et lui apprenant à siffler sur le chemin de la maternelle ; Benny l'entraînant à tirer au fusil à bouchon, à Boulogne-Billancourt, où ils vivaient alors. La mère de René, Léo, était établie dans une blanchisserie ; elle l'emmenait avec elle pour coller des

---

1. L'aventure menée par les Lip, ouvriers horlogers qui, à partir du printemps 1973, se battent pour faire vivre leur usine dans un système d'autogestion (« C'est possible, on fabrique, on vend, on se paye ! », indiquait une banderole à l'entrée de l'usine), va avoir un impact énorme sur les dirigeants de la Gauche prolétarienne, Benny Lévy en tête. L'action des Lip symbolise l'échec de la stratégie de l'organisation maoïste, tournée vers les travailleurs les plus défavorisés et révoltés, et prouve que la classe ouvrière peut s'organiser sans les intellectuels. L'expérience des Lip précipitera la dissolution de la GP.

En août 1973, une immense marche sur le plateau du Larzac réunit des paysans, des ouvriers, des intellectuels, des militants d'extrême gauche qui protestent contre l'extension d'un camp militaire menaçant d'expropriation de nombreux exploitants agricoles.

Verdier était une maison dans le Sud où se sont réunis plusieurs étés de suite Benny Lévy et ses plus proches compagnons pour continuer d'échanger, autour de la politique d'abord, de la philosophie sous le nom de Cercle socratique, puis de l'étude de la pensée hébraïque et de l'apprentissage de l'hébreu. C'est à Verdier que sera plus tard fondée la maison d'édition du même nom.

affiches et il aimait assister à ses cours de chant. Au quotidien, cependant, c'étaient souvent la sœur et la mère de Benny qui s'occupaient de René ; il dit avoir été baladé plutôt qu'éduqué : « Au fond, je sais gré à mon père de ne pas m'avoir élevé, j'étais un enfant très libre. » Pour René, cette période est sans noirceur, sauf sur un point, où nous nous retrouvons : cette difficulté pour un enfant de supporter la liberté des mœurs dont nous étions les témoins involontaires, ce spectacle offert de la nudité des adultes. Il en garde un souvenir insupportable. Après les années militantes, la famille Lévy a vécu en communauté, dans le Nord. « La communauté, ce n'est pas un bon souvenir. Ce sont mes premiers souvenirs d'angoisse. » Et pour René, le retour au religieux s'inscrit pleinement dans la logique de l'histoire : « Finalement, tous ces épisodes, c'est comme un long voyage jusqu'à la *yeshiva*. Quand mon père dit que c'est la suite naturelle des choses, j'en suis la preuve vivante. J'ai commencé l'hébreu à dix ans. Je suis arrivé à la *yeshiva* en 1984, j'avais quatorze ans. Je traduisais les textes que mon père commentait. C'est là qu'a vraiment débuté notre complicité. »

Finalement, nos histoires sont très divergentes, même si l'emprise paternelle de Benny[1] sur René est au moins aussi prégnante que celle de Robert sur moi. À l'égard de 68 en tant qu'événement poli-

1. Sur l'itinéraire de Benny Lévy, une série d'entretiens passionnants, base d'un documentaire filmé à venir d'Isy Morgensztern, « Benny Lévy. De la *République* de Platon au Talmud », in *La Règle du jeu*, n° 33, janvier 2007, p. 161-282.

tique, René a une violence, un rejet que je ne partage pas. La gauche bien-pensante et humaniste qui en est issue l'exaspère. « J'ai une vraie détestation pour 68, c'est une grosse merde. Je n'ai pas la moindre estime pour le mouvement étudiant, c'est une entreprise libidinale ! 68 : c'est un bide ! Une révolution, c'est sanglant ! En revanche, il s'est vraiment passé quelque chose dans les cœurs. Une expérience du sentiment originel de la fraternité, de la communauté des hommes. Et ce sentiment fraternel, c'est une chose que par la suite j'ai retrouvé à la *yeshiva*. »

Je parle à René de mon désir de faire un film autour de notre histoire, peut-être même de l'écrire. Il semble plutôt d'accord pour y participer. Nous nous reverrons à différentes reprises. Une fois, je suis même arrivée avec ma caméra, persuadée qu'il m'avait donné son accord pour être filmé. Mais René a esquivé, avec cet argument étonnant : « Il faut que j'en parle d'abord à ma mère, que je lui demande son avis… » J'ai aussitôt pensé que c'était mal parti. Nos parents peuvent se montrer de redoutables gardiens du temple. J'ai expliqué que ce n'était pas de leur histoire dont il s'agissait cette fois, mais de la nôtre. Ce jour-là nous avons parlé un assez long moment. René a évoqué d'autres souvenirs d'enfance, très beaux. À la fin, je lui ai demandé quand nous pourrions tourner. Il a répondu par une pirouette : « Je dois finir ma thèse, je suis très pris actuellement… Mais viens au séminaire d'études lévinassiennes, nous rediscuterons. » C'est ainsi que je me suis retrouvée à écouter les conférences d'Alain

Finkielkraut et de Jean-Claude Milner dans l'espoir d'entendre René Lévy. Le temps a passé. René vient d'avoir un fils. Le nom du père est transmis.

Bientôt le printemps, il fait beau sur les Grands Boulevards. En sortant d'une librairie, je me cogne quasiment à Matthias, le fils d'Henri Weber. J'ai une histoire curieuse avec ce garçon ; elle remonte au mois d'août 1981. Mon père émergeant du coma était soigné dans une clinique du sud de la France. Henri, resté très lié à Robert depuis les années 60, avait proposé de m'emmener pour les vacances sur la Côte d'Azur : nourrie et blanchie, je serai la baby-sitter de son fils encore bébé. Je n'ai pas gardé un bon souvenir de cet été-là. Chez les Weber, comme chez beaucoup d'anciens gauchistes, on savoure la victoire mitterrandienne et le fait d'être enfin passé du « bon côté du manche ». J'ai du mal à partager leur joie, j'ai quinze ans, je suis quasiment sans nouvelles de mon père hospitalisé depuis quatre mois. « Pour nous protéger », on ne nous a rien dit, à mon frère Pierre, à ma sœur Clara et à moi. Nous ne savons rien, nous ne comprenons rien. Je me sens incroyablement décalée dans cette superbe maison estivale, où l'on passe de la piscine au tennis, de repas arrosés en fêtes impromptues. De toute évidence, ce n'est pas mon histoire. Le problème, c'est que j'ignore alors quelle est mon histoire. Je m'occupe un peu de Matthias, plutôt distraitement il faut le reconnaître, je suis trop préoccupée. Une seule éclaircie durant cet été pourtant ensoleillé : un trajet en voiture avec Henri qui me conduit à la clinique rendre visite à mon père. Nous écoutons *La Cavalerie*, une chanson de Julien Clerc, et Henri me raconte comment il a rencontré Robert, combien il lui est attaché. Je me sens revivre. Enfin, quelqu'un dit quelque chose ! Mais l'entrevue avec mon père se révèle très douloureuse : c'est une silhouette fluette et trébuchante qui s'avance vers nous à petits pas hésitants. Un homme qui flotte dans son pyjama rayé, le visage mangé par une épaisse barbe noire d'où émergent de grands yeux bleus totalement perdus. Plus tard, bien plus tard, une de ses amies évoquera dans un roman les yeux « bleu lithium » de mon père ; le lithium étant notoirement connu pour être le médicament qui traite les maniaco-dépressifs. La formule avait scandalisé ma famille détentrice du « secret ». Il n'empêche que c'était bien vu. Bref. Je me rappelle précisément que, dans ce hall de clinique privée, ce n'est pas mon père que je retrouve mais un vieillard que je vois ; un vieillard que je ne connais pas. Aujourd'hui, vingt-cinq ans plus tard, je réalise combien il était jeune alors : il n'avait que trente-six ans. Je me souviens qu'avant sa disparition je le trouvais beau. Je scrute les photos de cette époque, je veux vérifier. Il est de taille moyenne, mince, il a des cheveux et des sourcils bruns très fournis, des yeux très bleus, une bouche bien dessinée et un nez plutôt fort et cabossé, « cassé dans les bagarres contre les fachos », m'expliquait-il lorsque j'étais enfant. Je regarde encore. Je me rappelle qu'il plaisait aux femmes. Que ses compagnes étaient belles, indiscutablement. Je me souviens que c'était un homme que l'on regardait. Ensuite, lorsqu'il devra réapprendre à vivre, lorsque nous marcherons à nouveau ensemble dans la rue, il y aura encore des regards, d'une tout autre nature. Des regards inquiets, des regards interrogateurs, des regards d'incompréhension. C'est ce que je ressens d'ailleurs là dans ce hall devant cet homme barbu et voûté que je reconnais à peine. Je ne me souviens pas qu'il ait prononcé une phrase, j'ai pensé, paniquée, que peut-être il ne se souvenait plus de mon prénom. Le retour en voiture est lugubre en dépit du paysage et du soleil couchant. Julien Clerc chante toujours, mais nous ne reprenons plus en chœur les refrains. Visiblement Henri non plus ne s'attendait pas à cela. Je passe le reste de l'été dans un état second.

Donc, Matthias, je l'ai connu nourrisson cet été-là, et je le retrouve par hasard dans la rue, accroché à son mobile. Matthias a vingt-six ans, il est né bien après l'aventure gauchiste, même si son père n'a jamais abandonné la politique, optant pour le socialisme après le trotskisme. « Le paradoxe, c'est que je suis né fils de soixante-huitard acharné l'année de l'élection de Mitterrand à la présidence de la République. Ceci m'a valu – pauvre petit enfant que j'étais – de passer beaucoup de temps dans les allées de Matignon et à La Lanterne à manger des macarons : mon père était conseiller de Laurent Fabius lorsque celui-ci était Premier ministre. On peut donc dire que j'ai découvert la politique dans les allées de Matignon et en vacances chez les Fabius, pour ensuite faire le chemin inverse jusqu'à comprendre ce qui s'était passé en 1968. » Qu'est-ce que Matthias dit de 1968 ? Qu'en sait-il ? Qu'en pense-t-il ? Lorsque je lui ai demandé s'il était d'accord pour me raconter sa vision des événements, il a eu cette réponse, charmante : « Je suis ton homme. » Dont acte.

« Très longtemps, j'ai minimisé l'importance de mai 68 et le rôle de mon père. J'ai mis du temps à comprendre pourquoi des gens, qui étaient socialement plus importants que lui, lui vouaient une telle admiration. Mon père est né en Russie dans une famille juive et a vécu en Pologne avant d'immigrer en France avec ses parents. Il a certes connu une belle carrière politique, mais quand on le voit attablé avec des gens importants de ce monde plongeant ses doigts dans l'assiette de sa voisine, on se dit : comment ce type-là peut susciter une telle admiration ? J'ai mis du temps à comprendre que l'on pouvait admirer de très jeunes gens qui avaient mis toute leur énergie à faire la révolution. Maintenant, j'adore rencontrer des gens qui me parlent d'Henri à l'époque en me disant : "Si tu l'avais vu avec son casque de moto en train de casser la gueule des fachos !" J'adore ça parce qu'avec moi c'était plutôt le mec qui me demandait où j'étais passé quand j'arrivais une heure en retard à la maison... » Je demande à Matthias comment il se situe par rapport au parcours politique de son père. « J'ai du respect pour le parcours de mon père, qui n'est pas le mien et ne le sera jamais. J'ai même une certaine envie : quand on arrive de nulle part et qu'on devient sénateur de France, c'est quand même pas mal ! Je suis fier de mon papa, c'est une personnalité emblématique de 68, il a une belle carrière politique et je la défends. Cela n'a rien d'évident : je suis quasiment agressé au quotidien par des gauchos qui se targuent de ne pas avoir retourné leur veste et aimeraient s'adresser à mon père… Comme ils sont en face de moi, c'est moi qui prends… » Et toi Matthias, comment la perçois-tu, cette trajectoire qui a conduit Henri du trotskisme au socialisme gouvernemental ? « Que répondre ? Il a fait des enfants ! Et quand on fait des enfants, on devient responsable ! Donc on va vers des choses qui ont plus de sens, on ouvre les yeux… Mais non, je plaisante ! La vraie explication, je crois, c'est qu'ils se sont rendu compte que ça ne marchait pas. Ça a été long, douloureux. Et finalement quand on comprend qu'on ne peut pas révolutionner le monde, on le réforme. » Avec Matthias, la discussion est légère, joyeuse. Né en janvier 1981, il appartient à une autre génération que la mienne, une génération pour laquelle 68 c'est déjà de l'histoire, un sujet dont discutent entre elles les grandes personnes, un souvenir sympathique qui permet de botter en touche : « Pendant toute ma scolarité, je dois dire que m'appeler Weber et avoir Henri pour père m'a plutôt servi auprès des profs qui étaient majoritairement de gauche. Quand ils convoquaient mon père, ils adoraient parler de 68 avec lui, lui poser des questions : ça m'arrangeait drôlement, parce que les études ce n'était vraiment pas mon fort ! »

Au mois de juillet, je déjeune avec Ève Miller. Ses parents, Jacques-Alain et Judith Miller, ont été en 1966 les témoins du mariage des miens. J'avais été frappée de lire dans *Génération* que Judith Miller avait dissimulé aux yeux de ses camarades militants maoïstes sa grossesse jusqu'à deux mois du terme[1]. Il était mal vu lorsqu'on était révolutionnaire d'enfanter : tout ce qui soustrayait du temps à la cause était sévèrement jugé. Je m'étais alors souvenue que ma mère avait connu le même type de difficultés lorsqu'elle attendait mon frère Pierre. Et puis j'étais tombée par hasard sur une petite photo aux couleurs passées d'Ève et moi, nues l'une contre l'autre sur un transat, en train de faire la sieste en plein été. Depuis lors, j'avais imaginé que nous pourrions regarder ensemble cette photo et évoquer notre enfance. Pour retrouver Ève, j'ai appelé Jacques-Alain. J'étais émue au téléphone, nous avons un peu discuté. Mes deux enfants, le troisième dont j'étais enceinte, les films que j'avais réalisés, cette enquête, raison de mon appel, que j'écris et tourne en même temps seule avec une petite caméra. Et puis est venue la question : comment va ton père ? Si longtemps qu'on me la pose cette question et que je ne sais pas y répondre…

Ève m'a donné rendez-vous dans les locaux du musée du Jeu de Paume, elle y est administratrice. Dans mon esprit, Ève est encore cette enfant très brune de trois ou quatre ans qui suce son pouce en dormant. Je suis bêtement surprise de rencontrer une femme de mon âge qui me sourit derrière son bureau. Nous parlons un peu de ce qui ne nous

1. Hervé Hamon et Patrick Rotman, *Génération*, *op. cit.*

rassemble pas : son travail au Jeu de Paume, les exigences artistiques et les enjeux politiques, les difficultés financières de ce type de structure… Ève mentionne ses deux filles de onze et huit ans. Je lui demande si elle a le sentiment d'avoir été élevée de façon radicalement différente de la manière dont elle éduque ses enfants aujourd'hui. Elle ne sait pas, elle ne croit pas. Elle est certaine que sa mère a toujours privilégié l'attention aux enfants sur la vie militante. Elle se souvient d'un cadre familial structurant, avec la figure très présente de son grand-père maternel, Jacques Lacan, qui transcendait l'engagement politique de ses parents. Non, pour elle ce n'est pas sur l'éducation que ça se joue. D'ailleurs elle a été une très brillante élève, attentivement encadrée par ses parents. Nous avons ce point en commun : la contestation de l'ordre établi épargnait l'école laïque et républicaine ; les cadres dirigeants de l'UJC (ml) comme de la GP sortaient des écoles les plus prestigieuses[1], ils n'en attendaient pas moins de leur progéniture. Ève est « naturellement » normalienne. Finalement, une chose a marqué Ève, vraiment, c'est ce disque de Dominique Grange, *Nous sommes les nouveaux partisans*, qu'elle écoutait petite fille, comme moi, en

---

1. *Génération*, tome II, *op. cit.*, à propos des fondateurs de la Gauche prolétarienne en septembre 1968 : « Ils ont entre vingt et vingt-cinq ans, ce sont les meilleurs de l'élite : Philipe Barret, Robert Linhart, Jacques-Alain Miller, Jean-Claude Milner, Christian Riss, Olivier Rolin, Benny Lévy sont hôtes ou l'ont été de l'École normale supérieure de la rue d'Ulm. Jean Schiavo a fréquenté HEC. Alain Geismar et Gilbert Castro sont ingénieurs des Mines. Jean-Pierre Le Dantec, directeur de *La Cause du Peuple*, et Jean-Claude Vernier ont été formés à Centrale. »

boucle. Spontanément, nous l'entonnons. Ce disque, c'est notre madeleine à nous. Pour Ève, c'est cette conscience du peuple – « Le camp du peuple est notre camp », disait la chanson –, des conditions de travail de la classe ouvrière – « C'est pas sur vos tapis qu'on meurt de silicose », « regardez-nous vieillir au rythme des profits », « patrons contre vous, c'est la guerre qui commence ! » – qui constitue notre héritage de 68. Nous avons eu une chance inouïe, précise-t-elle, celle d'être nées du bon côté de la barrière. Encore une chose à laquelle je n'avais pas pensé, qu'il était possible de naître de l'autre côté de la barrière… Notre déjeuner est rapide, je propose un nouveau rendez-vous pour discuter encore. Au moment de nous séparer, je sors de mon sac le cahier que j'ai choisi pour ces rencontres. Par jeu, j'en ai pris un rapporté de Chine, dont la page de garde porte une inscription rouge en caractères chinois. Ève pousse une exclamation : « Mais ton cahier ! Ça alors ! Sais-tu que le chinois est ma passion ? » Non, je l'ignorais, Ève, mais peut-être que le maoïsme de nos parents a laissé plus de traces en toi qu'il n'y paraît de premier abord ?

C'est totalement par hasard que j'ai croisé Thomas. Enfants, nous vivions dans le même quartier mais spontanément je ne l'aurais pas recherché ; sa famille ne faisait pas partie de notre entourage proche, peut-être pour des raisons politiques : elle était trotskiste. Pourtant, dès les premiers mots échangés, les images se sont bousculées dans mon esprit. J'ai revu son père, à qui Thomas ressemble tant, que nous rencontrions au marché le dimanche matin lorsqu'il distribuait des tracts. Je me suis souvenue de la mère de Thomas, une femme grande et élégante, dont j'admirais secrètement la beauté. J'ai même gardé en mémoire cette belle maison où ils vivaient dans une petite impasse du XIVe arrondissement, je me souviens d'y avoir accompagné ma mère. À peine ai-je commencé à raconter à Thomas cette recherche dans laquelle je me suis lancée qu'il rebondit, avec plaisir, avec humour. « Ça fait longtemps que je suis habité par cette histoire-là, cette histoire si intime et difficilement partageable. Être enfant de parents révolutionnaires, pour moi ça veut dire des milliers de choses… Mon père est né dans une famille juive très bourgeoise. Au lycée, en terminale, il est tombé sur un professeur marxiste qui l'a, selon ses propres souvenirs, littéralement "scotché" par terre. En 1968, il est entré à la Ligue communiste, devenant quasiment un militant professionnel. Ainsi, sur quatre générations, nous sommes de père en fils, alternativement, soit révolutionnaire soit banquier : mon arrière-grand-père était un juif polonais qui militait au Bund[1], mon grand-père a fait fortune en Bourse et a mené une vie de grand bourgeois, mon père est devenu révolutionnaire, et moi je suis banquier ! D'où la question à cent balles : lequel de mes deux fils, qui ont respectivement quatre et six ans, sera révolutionnaire ? »

Après d'assez longues recherches, je suis parvenue à me procurer le numéro de téléphone d'un garçon

1. Parti socialiste juif.

que j'avais vraiment envie de revoir. Il s'agit de Gilles Olivier de Sardan. Son père, qu'on appelait JPO (Jean-Pierre Olivier de Sardan) était très proche du mien du temps de l'UJC (ml) ; il était l'un des rares dont mon père m'ait cité le nom lorsque je lui avais demandé à qui m'adresser pour enquêter sur les maos. JPO était à l'origine de l'installation de mon père dans les Cévennes et, enfant, je passais beaucoup de temps à Sardan, le village où se trouvait sa propriété. De JPO, je gardais le souvenir d'un bel homme toujours hâlé, portant un chapeau de cow-boy sur de longs cheveux bruns. De Gilles, j'avais en tête un cliché pris par sa mère photographe, alors que nous étions tous les deux sur un toboggan à Vaucresson où vécut mon père un bref moment ; la photo est restée longtemps accrochée dans son bureau. La parenthèse de Vaucresson a marqué mon enfance. Mon père avait fui Paris et s'y était comme réfugié à la suite de son divorce avec ma mère ; je me souviens qu'il était étrange pour mon frère et moi d'aller le rejoindre le week-end là-bas. L'appartement était à peine meublé, nous ne connaissions personne, nous passions nos dimanches à faire du toboggan dans le jardin de la résidence. Je me rends compte soudain que mon père devait alors être très malheureux. Je me demandais de quoi se souvenait Gilles, s'il se rappelait ces moments à Vaucresson, j'ai composé le numéro qui commençait par 04… Gilles n'était pas là ; à la jeune femme qui a décroché, j'ai demandé où j'étais : « Vous êtes à Marseille, et pour Gilles, rappelez ce soir. » C'est ce que j'ai fait. J'ai immédiatement reconnu la voix de Gilles lorsqu'il a décroché. J'étais rouge d'émotion en expliquant la raison de mon appel : « Je voudrais te revoir Gilles, je veux que tu me racontes ce dont tu te souviens de notre enfance, et aussi que tu me dises quel homme tu es devenu… » Gilles a rigolé et répondu : « Tu ne peux pas savoir ce que ça me fait plaisir de t'entendre ! En 1986, je crois t'avoir vu au moment du mouvement Devaquet devant la Sorbonne. Comme un âne, je n'ai pas osé t'aborder. J'ai grandi avec les photos de nous enfants prises par ma mère, elles sont encore accrochées dans son salon… » Gilles est manager de groupes de rap marseillais, la ville où il vit avec la même femme depuis dix-sept ans, et dont il a deux filles, une de dix et une de deux ans. J'étais impatiente d'aller lui rendre visite à Marseille, mais il a finalement préféré que nous nous rencontrions à Paris. En fin de compte, nous nous sommes retrouvés dans un café sur les Grands Boulevards. Immédiatement, nous nous sommes mis à discuter ; de sa mère Thelma qui l'a élevé et dont je me rappelais la douceur de l'accent américain, de son père JPO qui les a laissés à Paris pour vivre sa vie dans les Cévennes, des difficultés qu'il rencontre pour gagner de l'argent aujourd'hui dans l'industrie du disque. Gilles dit que raconter son enfance lui est difficile, qu'il ne saurait le faire sans blesser son entourage, qu'il préfère garder tout ça pour lui. Nous nous séparons après deux heures de discussion très intime. C'est un peu triste parce qu'il est peu probable que nous nous revoyons un jour, sauf par hasard. Je m'apprête à enfourcher mon vélo, Gilles revient sur ses pas, me saisit le bras : « Embrasse ton père de ma part très affectueusement, dis-lui que je pense à lui. Parmi tous ces adultes que je croisais petit, il était l'un des rares que j'aimais vraiment. Sa présence était belle. »

Quelques jours plus tard, j'ai rendez-vous avec Emmanuelle Pignot dans un café. Nous ne nous sommes pas vues depuis vingt ans. Adolescentes, nous nous fréquentions parce que nos mères s'étaient retrouvées par hasard et avaient renoué. En 1967, Michèle Zémor, la mère d'Emmanuelle, était l'une des principales responsables du Parti communiste marxiste-léniniste français (PCMLF), groupuscule maoïste concurrent de l'organisation fondée par mon père. J'ai retrouvé la trace d'Emmanuelle en appelant Michèle ; j'en ai profité pour discuter avec elle de son parcours politique que je connais mal. Écouter Michèle, c'est replonger directement dans l'ambiance de l'époque. « Juste après 1968, j'ai été exclue du PCMLF très violemment. Je critiquais notre attitude en 1968, je disais que nous n'avions rien vu venir. Ce type de discours passait très mal. L'organisation m'a exclue sur un triple motif : j'ai été accusée de sionisme parce que j'étais juive, de trotskisme parce que lorsqu'on était en désaccord on était forcément trotskiste, et de voleuse parce que la direction m'avait collé une obscure affaire de détournement de fonds sur le dos ! J'étais alors mariée avec le futur père de mes filles, à qui l'on a demandé de divorcer s'il voulait rester au PCMLF. Il a également quitté l'organisation et adhéré au PC. Moi je me suis tournée vers le féminisme.

J'étais à fond pour la libération des femmes, tout en restant très attentive à mon rôle de mère. Emmanuelle est née en 1969, Sonia en 1972. Je ne les ai pas trimballées comme j'ai vu tant de parents militants le faire à cette époque ; j'ai eu le sentiment de les protéger, ce qui ne m'a pas empêchée d'avoir par la suite des relations très conflictuelles avec Emmanuelle, l'aînée. Par exemple, je me souviens que lorsque Emmanuelle s'est engagée dans le mouvement étudiant de 1986 contre la réforme Devaquet, le moindre parallèle avec 68 la mettait hors d'elle. Elle m'avait tout simplement interdit de parler de mon expérience militante à la maison ! » Emmanuelle confirme... à sa façon. « En 1986, je voulais montrer à ma mère que nous aussi on pouvait faire notre révolution ! J'ai fait beaucoup de syndicalisme étudiant, j'y ai d'ailleurs rencontré mon compagnon qui sortait de Lutte ouvrière et voulait entrer au PC pour faire de l'entrisme révolutionnaire. J'ai longtemps essayé de vivre comme j'imaginais que mes parents avaient vécu leurs années militantes : je discutais de politique jusqu'à pas d'heure avec un tas de gens en fumant et en picolant... Progressivement, j'ai réalisé que ça ne fonctionnait pas : je ne parvenais pas à rentrer vraiment dans un groupe politique ; j'étais toujours en dehors, très extérieure. Il m'a fallu beaucoup de temps pour accepter de faire ma vie hors du monde militant, assumer de ne pas être si politisée que je le croyais ou le fantasmais. Je crois que c'est lié au discours de ma mère sur ses années 68, un discours très idéalisé, où elle avait beaucoup de responsabilités

66

et le sentiment de se réaliser. Ainsi, j'ai longtemps caressé le rêve d'être la fille de Pierre Goldman : ma mère le connaissait et je trouvais que je lui ressemblais physiquement. C'était le héros révolutionnaire idéal, juif, enfant de résistants, il était allé jusqu'au bout et était mort avant de se compromettre politiquement. Ce n'est qu'assez récemment que je me suis décidée à demander à ma mère si elle avait eu une histoire avec Pierre Goldman. La réponse est non ! » Autour de ce café que nous partageons rapidement place de la République lors de son passage à Paris, j'ai le sentiment que cet héritage continue de tourmenter Emmanuelle : « Encore aujourd'hui je suis déchirée entre le mode de vie que j'ai adopté et que j'aime et l'ouvriérisme dans lequel j'ai baigné. Ces contradictions fonctionnent exactement comme mon identité juive : mon mec n'est pas juif, je ne sais pas quoi transmettre à mes enfants de cette histoire. Néanmoins, la moindre allusion antisémite me rend folle. C'est pareil avec la lutte des classes : je suis une bourgeoise qui n'assume pas, du genre à tout ranger avant que la femme de ménage arrive, incapable de donner des ordres et de faire preuve d'autorité. Ça m'énerve beaucoup. »

J'étais curieuse de rencontrer Gilles Theureau. J'avais eu un entretien avec son père, Jacques, lorsque je travaillais sur l'établissement. Après avoir fait Centrale, ce mao de la Gauche prolétarienne, très proche de Benny Lévy, s'était fait embaucher chez Renault, sur « l'île » à Boulogne-Billancourt. Les jeunes ouvriers avec lesquels il travaillait à la chaîne l'avaient surnommé « le Président ». Jacques Theureau m'avait raconté avec simplicité et humour ses souvenirs d'établi. Je savais qu'il avait un fils de mon âge, cela m'a paru dans l'ordre des choses de lui parler, à lui aussi. Gilles vit dans un petit village de campagne près d'Orléans, avec sa femme et ses trois filles. Il est très occupé, vient rarement à Paris. Je profite d'un colloque auquel il participe pour le retrouver au buffet de la gare de Meudon, à l'heure du déjeuner. Au milieu de représentants de commerce échoués là et d'employés de bureau qui fêtent un départ à la retraite, Gilles me raconte sa vision de l'histoire. « L'engagement de mon père suit rigoureusement ses idées. Je trouve admirable ce qu'il a fait, et encore plus admirable le fait qu'il ait su s'arrêter à temps. Ce que je garde avant tout de cette période, c'est la rigueur morale et intellectuelle qui présidait à l'établissement. La rigueur morale, c'est avant tout être responsable de ses actes ; c'est aussi, par exemple, respecter celui qui est portier et dire merde au chef s'il le mérite. La rigueur intellectuelle, c'est décider que l'intellect prime sur tout. À vingt ans, ce n'était pas évident d'être à la hauteur des exigences, de la cohérence et de l'expérience d'OS à l'usine de mon père. Je me suis longtemps senti écrasé par ses connaissances, son exigence, cette masse de livres qu'il lisait un crayon à la main. J'étais un scientifique complexé de ne pas être un littéraire ; je détestais la culture potache des matheux purs et durs, je n'étais attiré que par les intellectuels et je doutais beaucoup de la voie que j'avais choisie. Je pense que c'est pour cette raison que j'ai suivi en auditeur libre les cours de philo de Benny Lévy à Jussieu, en années de DEUG et de licence. Benny était un orateur formidable, mais aussi un accoucheur et un Socrate moderne. L'écouter m'a beaucoup aidé dans mes interrogations existentielles quand je n'arrivais pas à me situer. Il m'a aussi appris ce qu'enseigner veut dire. Aujourd'hui, je crois enfin être parvenu à tenir les deux bouts : je suis astronome chercheur et je donne un cours d'histoire des conceptions de la Voie lactée. Je suis certain que ce n'est pas un hasard. »

Pour rencontrer François Geismar, j'ai appelé son père Alain, qui m'a indiqué l'adresse postale où le joindre. J'ai aussitôt envoyé un petit mot à François. Il m'a téléphoné, nous nous sommes donné rendez-vous dans un café. J'ai posé la sempiternelle question : comment se reconnaître ? « On dit que je ressemble beaucoup à mon père », a-t-il répondu. J'ai précisé que j'attendais un enfant et que cela se voyait. Effectivement, nous ne nous sommes pas loupés. Très vite, il a voulu que je lui expose mon projet. J'ai raconté ce qui m'avait conduite à lui. D'emblée, François réfute toute existence du « nous ». Il n'y a pas de « nous », dit-il, nous n'avons rien en commun les uns les autres, nous les enfants. Ce collectif est imaginaire. Pour preuve, il n'a plus aucun contact avec d'autres enfants de soixante-huitards, même s'il en fréquentait certains dans sa jeunesse. Il hésite sur l'intérêt de ma quête. François m'explique que c'est d'abord la guerre d'Algérie qui a formé politiquement ses parents, et avant cela leur vécu d'enfants juifs, nés à la veille de la Deuxième Guerre mondiale. Il estime que cette expérience a changé leur rapport au monde et que 68 est arrivé comme une suite logique de leur engagement. J'essaye de susciter ses souvenirs sur les années gauchistes. François est né en 1965. Il évoque sa fascination pour Maurice Clavel qui lui a chuchoté à l'oreille qu'il avait entendu la voix de Dieu. Ses parents, séparés, vivaient chacun en communauté. François y a passé huit ans, de la dernière année de primaire au bac. Pour lui, c'était l'ouverture, le partage, l'échange. Il me parle de l'importance des repas, m'explique qu'aujourd'hui encore il lui est essentiel de dîner avec ses trois fils chaque soir. Il raconte l'étonnement de ses camarades de collège ou de lycée quand il les invitait chez lui, dans cet immense appartement communautaire de la rue Dieu, près de la République. Il pense que c'est sur l'éducation que chacun donnait à ses enfants que le rêve communautaire s'est brisé.

En écoutant François, j'ai un sentiment étrange. Tout ce qu'il raconte m'est familier ; pourtant la distance, le détachement avec lesquels il évoque ces années me sont inconnus. Je lui dis mon étonnement, il répond que nos histoires sont différentes, sous-entendu que la mienne est plus compliquée. Peut-être. Je pense que son histoire non plus n'est pas simple. Dans *Génération*, on lit qu'en 1968 Geismar a quitté femme et enfant pour vivre à fond l'aventure révolutionnaire, dont il est l'un des principaux héros, aux côtés de Prisca Bachelet, figure de l'UNEF, ex-militante de l'UEC. En 1970, à la suite du vote de la loi « anticasseurs », inventée par le pouvoir pompidolien pour en finir avec les organisations gauchistes, Alain Geismar, dirigeant de la GP, est arrêté. Traduit devant le tribunal correctionnel, puis devant la Cour de sûreté de l'État à la fin de l'année 1970, son procès fait grand bruit. En janvier 1971, les détenus politiques entament une grève de la faim. Geismar y participe et se met physiquement en danger. Un médecin de prison de la Santé l'interpelle sévèrement en désignant une photo de François épinglée sur le mur : « Vous n'avez pas le droit de vous laisser partir si vous avez un gosse ! » Je demande à François s'il connaît cette anecdote. Il se souvient très bien, me dit-il, de la période d'emprisonnement de son père qui dura jusqu'en décembre 1971. Je lui demande si son nom de famille n'a pas été trop écrasant dans son propre parcours. En fac d'histoire puis à Sciences Po, mes professeurs prenaient un certain plaisir à me faire comprendre qu'ils se doutaient que je devais mes bonnes notes à mon patronyme… S'ils avaient su dans quel silence, dans quelle torpeur, la maladie et les médicaments avaient plongé mon père. S'ils avaient su qu'à cette époque mon père, trop mal avec lui-même, dormait le jour et regardait la télé la nuit, pour échapper à ses souffrances. Je ne répondais jamais rien à leurs sous-entendus. Je pensais alors que l'état de mon père devait à tout prix rester secret, qu'il ne fallait sous aucun prétexte ternir sa réputation. Il devait rester aux yeux du monde ce héros politique, ce virtuose de la parole, cet écrivain formidable. Je n'avais pas encore compris combien sauver les apparences m'isolait du reste du monde, m'empêchait de demander de l'aide. François affirme, lui, ne jamais avoir souffert de l'ombre paternelle... Même s'il a très vite été certain d'une chose : il ne ferait pas carrière dans l'Éducation nationale, contrairement à ses parents. Soudain, François s'anime en me parlant de son frère, son visage s'éclaire. Pierre Geismar est né en 1973. Son prénom est un hommage à Pierre Overney, l'ouvrier maoïste de la Gauche prolétarienne abattu en 1972 par un vigile devant les portes de Renault-Billancourt. Il me raconte le bonheur d'avoir eu ce frère de huit ans son cadet, l'attention constante qu'il lui a porté, et leur proximité aujourd'hui encore. D'ailleurs c'est avec Pierre qu'il discutera de mon projet pour décider ou non de sa participation. Si François accepte de témoigner, j'essayerais de comprendre comment il a fait pour se dégager de son histoire avec cette apparente nonchalance.

La discussion avec François m'a donné très envie de rencontrer Pierre.

Pierre Geismar a trente-trois ans et travaille comme directeur de production exécutif dans le cinéma. Nous nous retrouvons un dimanche. Pierre est très réservé sur mon projet, dont il ne comprend ni le sens ni l'intérêt. Lui non plus ne croit pas à l'existence d'un « nous ». Surtout, il se demande quelle parole porte cette enquête. Il redoute particulièrement les discours intellectuels en vogue qui s'avèrent une attaque en règle de 1968. Que l'on impute à mai 68 tous les travers de notre époque – la perte des valeurs, de l'autorité, du sens – l'insupporte. Je suis prise au dépourvu mais plutôt d'accord. Nous discutons longuement. Je n'aurais jamais imaginé que l'on puisse suspecter chez moi une vision réactionnaire des années révolutionnaires de nos parents ! En fait, je réalise en écoutant Pierre que nos problématiques sont très différentes. Pierre a une pensée beaucoup plus politique et structurée que moi sur mai 68. C'est une période, dit-il, qui correspond à un moment de très forte conquête de liberté sur tous les fronts, avec à la clef une question fondamentale : que faire de cette liberté gagnée ? Face au discours construit et rationnel de Pierre Geismar, je constate que je ne sais pas ancrer ce moment dans l'histoire, je ne parviens pas à le traiter comme tel. Bien sûr qu'il faut penser cette période en sortant du « moi je » ! Mais comment ? En quittant Pierre, je me rappelle qu'à une préparation de concours j'étais tombée sur « mai 1968 ». J'avais écopé d'une note lamentable avec ce commentaire rageur griffonné à la marge : « Avec le nom de famille que vous portez, nous nous attendions à un devoir plus riche : peut-être pourriez-vous en apprendre davantage sur ces événements en discutant avec votre père. » J'avais eu envie d'étrangler ce correcteur. Quel con ! C'est vrai que je n'ai jamais su parler des « événements de Mai » à la manière des livres. D'ailleurs, je ne suis pas parvenue à convaincre François et Pierre, notre approche était radicalement divergente. Et pourtant Pierre avait beaucoup à dire sur son enfance, en parler l'avait manifestement intéressé, j'espérais que nous pourrions en rediscuter.

Le 16 octobre 2006, Pierre s'est tué dans un accident de scooter. Quelque temps plus tard, j'ai reçu ce mot de François : « Virginie. Comme je te l'avais expliqué, il est peu de décisions que je ne discutais pas avec mon frère. Nous avions longuement parlé de ton idée et avions décidé ensemble de ne pas nous y associer. Cela ne nous correspondait pas. Je suis désolé d'avoir tardé à te le dire. Je suis plus le frère de… que le fils de… Sincèrement. François Geismar. »

4

Manques

« J'ai un copain qui a coutume de demander : tu as plutôt mal à maman ou à papa ? Moi, j'ai plutôt mal à papa. Enfant, j'ai beaucoup manqué de mon père. Ado, vers quatorze, quinze ans, je dissimulais ça derrière un paravent de haschich. J'ai beaucoup, beaucoup fumé pendant des années. D'ailleurs, c'est le moment de ma vie où j'ai le moins vu mon père, les joints m'aidant à me persuader que je n'avais pas besoin de lui, jusqu'à ce qu'au détour d'une dissertation de philo je me mette à réfléchir. J'ai soudain découvert que j'avais "très mal à papa" pour reprendre la formule de mon pote Sélim. En résumé : des années d'accumulation de choses à dire qui n'avaient pas été dites se conjuguent avec la rencontre d'une prof de philo géniale qui nous fait travailler sur la question suivante : qu'est-ce qu'un maître ? Cette question m'a laissé très perplexe. Je n'arrivais plus à dormir, j'étais persuadé d'avoir compris comment fonctionnait le monde, comment mathématiser les rapports humains… En fait je déconnais complètement, je me croyais intuitif, j'avais le sentiment de percevoir tout ce que pensaient les gens dans la rue, j'étais bien délirant. Ça a été extrêmement brutal, d'une grande violence. J'ai fait une bouffée délirante aiguë, j'ai frôlé l'hôpital psychiatrique, j'étais vraiment à côté de mes lattes. J'ai eu très peur et j'ai effrayé tout le monde autour de moi. J'ai essayé de m'en ouvrir à ma mère qui a tout de suite vu que quelque chose déconnait. Elle est psy, elle s'est dit : "Oh là là, ça y est, c'est parti…" En fait, je crois qu'elle s'y attendait, qu'elle pensait qu'il faudrait bien que ça pète un jour ou l'autre. Donc ça a pété. Elle a appelé mon père. Il est venu sur-le-champ et a compris qu'il se passait quelque chose d'un peu sérieux. Je me souviens qu'il m'a pris dans ses bras en pleurant. Il a eu cette phrase : "Je t'ai négligé, mon fils…" Depuis, c'est marrant parce que je fais plutôt attention à ma façon de m'habiller : moi, je ne me néglige pas ! C'est de la psychanalyse à trois sous, mais je crois que cette phrase-là m'a vraiment marqué. Ensuite, mon père m'a donné le premier et unique comprimé de Lexomil que j'ai avalé de ma vie, j'ai dû dormir vingt-cinq heures durant. J'ai payé toutes mes dettes de sommeil. On s'était fixé rendez-vous le surlendemain pour se voir. Cette journée-là, je l'ai passée en me disant que si mon père se foutait dans un platane, j'étais foutu ; j'avais pris mon tour pour causer, j'avais montré que j'avais beaucoup à dire, et personne d'autre que mon père ne pouvait l'entendre. S'il ne venait pas, je serais resté avec tout ça, ça aurait été terrible. Mais il ne s'est pas pris de platane, on est allés dans un restaurant des Halles, et j'ai monologué et pleuré pendant trois ou quatre heures. Et lui qui passe son temps à parler et qu'on ne peut pas interrompre faisait juste : "Hum, hum" et opinait de la tête avec un sourire un peu gêné. Je ne sais même plus ce que j'ai dit… C'était comme un torrent, pas de boue mais de paroles, qu'il fallait absolument prononcer… Après cet épisode, je me suis reconstruit très vite, je me suis même transformé physiquement. J'étais un ado assez rond, j'ai perdu quinze kilos en quelques semaines, j'ai commencé à faire de la boxe, j'ai arrêté de fumer des joints, je suis tombé amoureux. Il y a eu une vraie rupture, un avant et un après, je me suis senti devenir un homme. Vu d'ici, c'était à l'économie, rapide, mais j'aimerais bien que mon fils Nino ne traverse pas ça un jour. »

J'écoute Samuel, Samuel Castro, qui m'avait dit ne pas se soucier du tout de cette vieille histoire de 68, Samuel que les potes de son père émeuvent mais qu'il tient à distance, Samuel qui s'intéresse à ici et maintenant. « Ce n'est pas ma vie : ce sont des images romantiques, des moments super excitants, mais ça reste la jeunesse de mes parents. Tout ça est assez marrant en fait, tout ça n'est pas très sérieux. Finalement, je crois que c'est de s'être trop pris au sérieux qu'ils ont par la suite déprimé. » Je me demande soudain si ce n'est pas ça qui m'a manqué : un bon « pétage de plombs » comme celui de Samuel pour dire que j'existais, que je voulais qu'on me regarde, qu'on m'entende, qu'on me comprenne, qu'il n'y avait pas que la politique dans la vie… La politique, notre grande rivale à nous tous. Ma mère m'a récemment offert un film super 8 qu'elle et mon père ont tourné en Italie lors d'une de nos très rares vacances ensemble. Je dois avoir trois ans, ils posent tour à tour à mes côtés. Ce sont nos uniques clichés de famille. L'activisme politique parental se traduisait d'abord par l'absence de toute vie familiale. Faire la révolution était non seulement une activité à plein temps, mais une priorité absolue. « Maintenant que je suis papa, a ajouté Samuel, je pense que ce qui ne se discute pas pour faire d'un enfant quelqu'un qui fonctionne pas trop mal dans la vie, c'est l'amour. Je n'ai pas manqué d'amour. Mon père m'a toujours aimé et montré qu'il m'aimait. Il dit qu'il a fait le père symbolique, c'est vrai. Il aurait pu y avoir plus, beaucoup plus, mais c'est accessoire : l'essentiel, j'ai eu. Nous sommes cinq frères et sœurs, nous avons manqué de temps mais pas d'amour. Je crois que ça indique juste à quel point notre père était obsédé par la politique… » Je sais ce dont Samuel a souffert. Mot pour mot, je pourrais reprendre ce qu'a dit Samuel de son père pour parler du mien, avant… La politique l'occupait entièrement ; c'était sa vie. Je ferme les yeux, je le revois, je l'entends. Brillant et drôle, bavard et intolérant, insaisissable et indisponible, obnubilé par son œuvre, la politique d'abord, la littérature ensuite, et absent. Au cours de toute cette décennie qui est celle de mon enfance, mon père est sans doute bien plus occupé de lui-même que de ses enfants. Je me pose à nouveau cette question à laquelle je ne parviendrai jamais à répondre. Elle m'a souvent taraudé : quelle personne serais-je devenue si mon père n'avait pas plongé dans le silence ? S'il était resté cet homme toujours par monts et par vaux dont je me souviens encore un peu lorsque je me concentre très fort ? Contrairement à celui de Samuel, mon père est un jour rentré à la maison pour ne quasiment plus jamais en ressortir. Mais ça n'a pas changé grand-chose à la question du manque ; certes, désormais il était physiquement là, mais ce n'était pas celui qu'enfant et adolescente j'avais espéré. Et le problème, c'est qu'il n'était plus possible de lui dire combien il m'avait manqué durant toutes ces années. J'aurais été hors sujet.

Ce lundi, j'ai rendez-vous pour déjeuner avec Nathalie Krivine, la fille aînée d'Alain. C'est l'intuition qui m'a poussée à appeler Nathalie. Nous ne nous connaissions pas. Je réfléchissais à cette question de l'omniprésence de la politique dans la vie de nos parents, je suis tombée par hasard sur un article concernant la publication des Mémoires d'Alain Krivine[1]. Je l'ai contacté pour lui demander comment joindre sa fille. Et me voilà en train de marcher dans les rues de Neuilly à la recherche de l'agence de voyages pour laquelle Nathalie travaille. Je suis intriguée. Je n'ai aucune idée de qui je vais rencontrer. Simple, directe, spontanée, Nathalie Krivine est née en 1967 et dit d'emblée avoir été « sacrifiée » sur l'autel du militantisme. « Enfant, j'ai ressenti un abandon. La plupart du temps, c'est ma grand-mère maternelle qui s'occupait de moi.

1. Alain Krivine, *Ça te passera avec l'âge*, Flammarion, 2006.

J'ai le souvenir de grands moments de solitude. Je savais ce que mes parents faisaient, ils me l'avaient expliqué, je respectais leur engagement. Il n'empêche que j'en ai beaucoup souffert. Avec mon père, il m'arrive d'être dans la contradiction : je l'adore mais je ne partage pas toujours son point de vue sur les événements politiques en cours, je suis beaucoup plus pragmatique. Du coup, je ne suis pas dans l'admiration, je suis dans la contestation. » Nathalie a un parcours atypique. Après le bac, elle entreprend avec succès des études supérieures – hypokhâgne, double licence de langues, séjour à Rome d'où elle revient bilingue –, lorsqu'elle apprend à dix-neuf ans qu'elle est atteinte d'une très grave maladie rénale. Elle plaque alors ses études et répond à une annonce dans *Le Figaro* qui recrute pour une agence de voyages. Vingt ans plus tard, elle travaille toujours dans le tourisme. « Avec le recul, je crois que j'avais besoin de briser le moule. Je pense que mes parents étaient extrêmement exigeants intellectuellement, cela m'a pesé. Arrêter mes études, travailler dans le tourisme, c'était une façon pour moi d'exprimer ma différence. Pour exister et m'épanouir, il fallait que je trace une autre voie que celle de l'intellectualisme d'extrême gauche militant et rigoriste. C'est sûr qu'aujourd'hui, je ne suis pas l'intellectuelle de la famille ! Ma mère est prof à l'université, ma sœur juriste, mon beau-frère économiste, mon grand-père paternel, Gilles Martinet – pour lequel j'avais une passion – était un homme politique exceptionnel et reconnu... Moi je suis agent de voyages ! J'ai un salaire de misère, des horaires stricts, aucun espoir de promotion sociale. Je connais la vie des petites gens que mon père défend : je sais de quoi il parle ! Je la vis au jour le jour. » Aujourd'hui, Nathalie revendique une liberté, un mode de vie très différent de celui que ses parents ont imposé en famille : « Mon père a toujours eu beaucoup de mal avec la notoriété, c'est quelqu'un de très timide : en vacances, on n'allait pas au restaurant pour ne pas se faire remarquer, dans la rue il ne fallait pas parler fort, bref, la discrétion était le maître mot. C'est un mode de vie qui m'a pesé. Du coup, je suis tout le contraire : je suis très extravertie. » Nathalie a une sœur, Florence, qui est, selon l'aînée, restée dans le schéma familial : « Ma sœur est très différente de moi : elle est dans la lignée, elle a milité très longtemps, ses amis sont d'extrême gauche, elle s'occupe de restructuration sociale dans l'entreprise, et c'est évidemment un travail qui intéresse beaucoup mon père. » Florence Krivine a suivi des études de droit et s'est spécialisée en droit du travail. Elle travaille dans un cabinet de conseil qui intervient auprès des comités d'entreprise sur les questions de restructurations, de départ en retraite, de sauvegarde de l'emploi… C'est effectivement plus dans la mouvance familiale qu'agent de voyages ! Je vais donc rencontrer Florence. « Je ne partage pas du tout le sentiment d'abandon familial de ma sœur. Bien sûr mon père n'était pas souvent là, mais je n'ai pas souffert de ses absences ; et je n'ai aucune difficulté avec son engagement militant. J'ai fait un passage éclair à la LCR avant de me rendre compte que ce n'était pas trop mon truc ! Je dois être trop réformiste… Par contre, j'ai gardé beaucoup d'amis parmi les militants trotskistes que j'y ai rencontrés. Par la suite j'ai milité longtemps à Ras l'front. Et c'est vrai qu'aujourd'hui je suis très proche de mon père, on discute ensemble de mon travail ; d'ailleurs, j'habite à Saint-Denis où nous avons été élevées, à quelques mètres de chez mes parents. Ce sont des grands-parents qui sont très présents pour leurs petites-filles, je me sens bien dans l'univers familial. »

Nathalie est née en décembre 1967, Florence en 1973. Entre les deux six années, mais quelles années ! Les plus palpitantes en termes de politique lorsqu'on était un dirigeant d'extrême gauche comme Alain Krivine. Peut-être aussi les plus difficiles pour un enfant qui naît dans cette effervescence. Une question chronologique qui a des conséquences sur une vie entière. Nathalie : « J'en veux à mon père d'avoir été absent à des moments où ce n'était pas indispensable. Je lui reproche de ne pas avoir fait la part des choses. C'est quelqu'un qui ne savait pas dire non. Incapable de refuser un meeting au fin fond de la Creuse, une réunion le dimanche, il est certain que bien des week-ends familiaux ont ainsi été sacrifiés. C'est un reproche qui restera. D'ailleurs je pense qu'aujourd'hui il a compris des choses : il s'occupe beaucoup de ses petites-filles, il a tiré la leçon ! Avant, il était incapable de dire : cet après-midi, je ne viens pas, je reste avec ma famille. Il m'est arrivé de regretter que cela se soit passé ainsi. » Je demande à Nathalie si elle a parfois interprété ce perpétuel dévouement à la cause comme une tentative d'échapper à la vie de famille ? C'est une question que je me suis souvent posée concernant mon propre père. « J'espère bien que non ! Je mets davantage ça sur le compte de sa culpabilité vis-à-vis du parti. Je pense très sincèrement qu'il se serait senti très coupable de dire non au parti. Il fallait être de tous les combats. Être tout le temps présent. Et puis la LCR, c'était quand même son bébé… Ça aurait été mal perçu de dire : "Là, je ne viens pas, je consacre du temps à ma famille." »

Un soir, je suis allée dîner chez Sylvain Kahn pour discuter avec lui de mon projet. J'ai rencontré Sylvain en 1987 lors d'une grande fête donnée à l'occasion de la publication de *Génération* au théâtre de l'Odéon. Tous les témoins avaient été invités. Je garde étrangement un souvenir très précis de cette fête. Le champagne coulait à flots, les buffets étaient imposants. L'ambiance était un mélange de nostalgie et d'intense fierté. À la fin de la soirée, sur les marches de l'Odéon, Roland Castro, Henri Weber, Bernard Kouchner, Jean-Paul Dollé et Tiennot Grumbach ont entonné à tue-tête *La Jeune Garde* à laquelle il fallait prendre garde. Mon père n'était évidemment pas là. Je m'étais demandé s'il aurait chanté aussi. Ce soir-là donc j'accompagnais ma mère et j'ai fait la connaissance de Sylvain, venu avec son père, le psychanalyste Pierre Kahn. C'était la première fois de ma vie que je rencontrais quelqu'un de mon âge avec qui je pouvais partager cette chose en commun : avoir eu des parents très militants. Je me souviens que nous avions parlé toute la soirée, lui davantage que moi. J'étais si bouleversée par cette communauté d'expérience que je découvrais, que je n'avais cessé de lutter contre l'émotion qui me submergeait. J'avais vingt et un ans. Avec le recul, et même si je n'en avais pas réellement conscience, je crois que j'étais tout simplement très déprimée. Rien n'avait été digéré. Il me semblait impossible d'être dans la légèreté avec l'enfance, les souvenirs, nos parents. Je trouvais Sylvain incroyablement plus à l'aise que moi. Il avait une façon d'intellectualiser cette histoire qui me renvoyait douloureusement à ma propre incapacité à penser cette période autrement qu'avec tristesse. Je pensais alors que c'était sans doute parce que tout avait été plus facile pour lui que pour moi. On se rassure comme on peut… C'est en retrouvant Sylvain pour ce livre que j'ai découvert que les choses n'avaient pas été aussi simples que cela pour lui non plus. Pendant nos conversations, Sylvain a souvent la gorge nouée. Son père Pierre est atteint d'un cancer qui va l'emporter quelques semaines plus tard. Ce qui me bouleverse dans le récit de Sylvain, c'est l'amour filial, ce point d'honneur qu'il met à ne jamais juger ce père qu'il est en train de perdre, cette recherche de l'explication la plus objective qui soit. Sylvain est historien. « En 1965, mon père qui était secrétaire général de l'Union des étudiants communistes a été débarqué puis, dans la foulée, exclu du PC. Je crois que ça a été pour lui comme un tremblement de terre, ou du moins un glissement de terrain. Il a vécu une crise existentielle intense comme tous ceux qui déchirent le voile de l'illusion, surtout lorsque ce n'est pas de leur plein gré. Il a alors quitté ma mère, la laissant tétanisée sur place, avec un petit bébé né six mois auparavant : moi. Pour ma mère, le départ de mon père a été comme un coup de tonnerre dans un ciel peut-être pas totalement bleu, mais quand même… De révolutionnaire professionnel, mon père est devenu subversif. Ce que j'en ai compris, moi, c'est qu'à ce moment précis de son parcours il a eu envie d'une vie moins ordonnée ; d'une vie où le plaisir prenait plus de place et le devoir moins. Entre 1966 et 1969, je n'ai pas vécu avec lui, même si on se voyait de temps en temps. Pendant ces trois années-là, il n'était pas père. Il n'avait pas disparu de la circulation, mais il n'était plus dans l'ordre, y compris l'ordre paternel, il était absent. Il squattait chez des copains, il était dans le nomadisme. Je crois savoir qu'il a eu à l'époque une vie sentimentale très riche, il s'est beaucoup éclaté. »

Je demande à Sylvain s'il en a voulu à son père de ses années d'absence. « Non, je ne pense pas. Mon père a toujours eu la certitude qu'il avait pris la bonne décision. Et par ailleurs je crois qu'il en a conçu une grande culpabilité à mon égard. Une partie de son comportement envers moi a été animée par le fait qu'il fallait, non pas annuler, mais recouvrir ses années d'absence. Mon père a eu quatre enfants après moi. Vis-à-vis de nous, il était mû par un idéal de cohésion et d'unité encore renforcé par le fait qu'il ne s'était pas conformé à cet idéal dans les trois premières années de ma vie. Mais cet idéal, peut-être ne l'avait-il tout simplement pas alors. Ou plutôt, peut-être était-il à la recherche d'un autre type d'idéal. »

C'est toute la question ; toujours la même : quelle place occupions-nous dans la tête, dans la vie de nos parents, au cours de ces années ? Cette question est presque devenue pour moi un signe de reconnaissance. Un jour, une collègue réalisatrice de documentaires m'a appelée pour discuter d'un projet qu'elle écrivait. Nous nous sommes rencontrées. Elle prépare un film sur l'allaitement. En l'écoutant parler de la maternité, de son rapport à son fils qu'elle a gardé un an à la maison et qu'elle allaite encore le matin et le soir, de l'importance de son lien à ses enfants dans sa vie aujourd'hui, je n'ai pas pu m'empêcher de lui demander : « Tu ne serais pas une enfant de 68, Julie ? » Dans le mille. « Je suis née en juin 1968, mes parents habitaient à l'hôtel au Quartier latin, ma mère a accouché limite sur les barricades… Ma place ? J'étais trimballée partout par mes parents. J'étais un enfant au milieu du groupe d'adultes, je faisais partie des meubles, je n'avais pas le sentiment d'avoir une place précise, d'être prise en compte en tant que personne. »

Sur cette question encore, j'ai bien aimé la précision quasi clinique de Lamiel Barret-Kriegel : « Je suis née en 1970. En 1971, ma mère a décrété que ça ne pouvait plus durer : mon père a quitté la Gauche prolétarienne, démissionné de la Poste où il s'était établi, et est entré dans l'administration. Je n'ai donc connu que la fin de ce militantisme-là même si la politique a continué de les habiter littéralement. Ma mère avait du mal avec la misogynie et la dureté de la Gauche prolétarienne, mais je crois que la rigidité et l'élitisme intellectuels de l'organisation maoïste correspondaient bien à mon père. Cette rigueur de mon père est une chose qui continue de m'impressionner. C'est un homme qui ne s'est jamais arrêté d'apprendre et de se cultiver : il a appris le chinois, il s'est mis à l'arabe et il étudie une page par jour du Coran ; si ma mémoire est bonne, cela lui a pris six cent deux jours, mais désormais il sait lire l'arabe. Quant à ma mère, c'est quelqu'un dont le talent de création me fascine ; cet été, j'ai lu pour la première fois avec délectation ses œuvres philosophiques, j'ai alors pris conscience de l'importance de sa production. Aujourd'hui, je suis très reconnaissante à mes parents des valeurs qu'ils m'ont transmises, même si mes souvenirs d'enfance sont à la fois très bons et très mauvais. Bons parce que j'ai été protégée par des parents aimants et très normés qui ne faisaient pas n'importe quoi, qui ne fumaient pas de joints, qui n'étaient pas du tout baba cool, etc. Mauvais parce que j'avais le sentiment, petite fille, que mes parents étaient plus intéressés par la compréhension du monde que par ce qui se passait chez eux. Me conduire au jardin prendre l'air et faire des tours de manège était très subalterne au regard des idées, de la politique, du travail, de la littérature ! C'est avec mon grand-père que j'allais au jardin du Luxembourg, ma mère m'emmenait le dimanche voir les grandes expositions de peinture qui passaient à Paris, tandis que mon père m'accompagnait au cinéma voir les films tirés des œuvres de Jules Verne. Mais j'ai le souvenir d'avoir globalement passé mon enfance à les suivre, entourée d'adultes discutant continuellement de politique ou de culture. Le fait est qu'ils ne s'intéressaient pas aux enfants comme nous le faisons aujourd'hui ; ils voulaient me transmettre leur idée de la culture et s'inquiétaient de l'état de mes connaissances ; je m'inquiète, moi, du bien-être et de l'épanouissement des miens ! Mais je ne crois pas que c'était lié à mes parents. C'était l'époque. »

J'accumule les témoignages, ils disent tous ce sentiment évident que nous avions de ne pas être premiers. Je sais que c'est naïf mais cela me rassure, cela me fait du bien, cela m'indique que ce n'est pas d'un défaut d'amour dont j'ai souffert ; pour nos parents, en dépit de l'amour qu'ils nous portaient – je sais, je me répète, mais c'est important cette question de l'amour –, nous ne passions pas avant tout. Avant tout, il y avait la politique. Thomas, qui a aujourd'hui quarante-trois ans, dit tranquillement combien l'engagement militant de son père a façonné son enfance à lui. « Mon père était trotskiste, très engagé à la LCR de trente à quarante ans, c'est-à-dire de 1968 à 1978, entre mes quatre et mes quatorze ans. Agrégé d'économie, il enseignait de façon obsessionnelle et systématique le chapitre premier du *Capital* de Marx à la fac. Il avait coécrit un bouquin d'économie politique qui était en quelque sorte le "Petit Livre rouge" de la Ligue ; tout militant trotskiste se devait de l'avoir lu. Cette croyance révolutionnaire dans laquelle mes parents vivaient est un épisode fondateur pour moi. Un point d'entrée dans la vie, une conscience, et en même temps une souffrance. Pour mon père, il était évident que le militantisme était la chose la plus importante. Et la LCR était une organisation très exigeante. Ce qui est fascinant, c'est qu'il y avait vraiment ces deux facettes : le mouvement de la vie militante à la maison, les fêtes, les discussions, les copains, les allées et venues, les chuchotements, l'atmosphère de secret... des moments absolument uniques, magiques et excitants pour un enfant, et, en même temps, le fait que le militantisme rafle la vie personnelle, sacrifie tout et tout le monde, débouche sur des mensonges dits par mon père pour ne pas partir en vacances avec nous et aller former l'été les futurs trotskistes. Alors au milieu de ce tourbillon-là, il y a les tentatives pour avoir une vie de couple, pour construire une famille : ainsi ma sœur, qui a cinq ans de moins que moi, est née en février 69, elle a donc été conçue en mai 68... Mais globalement le militantisme écrase tout. Quand tu es enfant et que tu le vis au quotidien, tu ne t'en rends pas forcément compte. J'ai mis du temps à comprendre que ce militantisme était à la fois moteur et destructeur. Il y avait vraiment ces deux aspects. Après, pour s'en sortir, on est obligé de faire le tri. »

5

La faute à…

Ce matin, je tombe en arrêt devant l'affiche de cinéma d'une colonne Morris : une petite fille en manteau rouge, assise sur un banc, me regarde droit dans les yeux d'un air boudeur. Au-dessus de sa tête est écrit rageusement un « La faute à Fidel ! » lapidaire, mais si parlant, que je pense aussitôt que c'est amusant parce que moi c'est plutôt la faute à Mao. Je m'empresse de voir le film ; je suis curieuse de savoir ce que Fidel a fait à cette petite fille. Ana a neuf ans. Sa vie, bourgeoisement heureuse et ordonnée, est soudain dynamitée par l'engagement militant de ses parents. Dans le film de Julie Gavras, je reconnais la force d'une colère intérieure qui conduit la petite fille à saboter elle-même ce qui reste de confort matériel dans la maison (le chauffage, l'électricité) pour tenter – sans succès – d'alerter ses parents sur les dysfonctionnements du quotidien. Je retrouve aussi ce désir effréné de normalité que l'on a, enfant, face à des parents différents… Cette obsession de la normalité était un enjeu extrêmement important pour nous, « les enfants de 68 ». Julie Faguer s'en souvient comme si c'était hier : « À l'école, je n'avais qu'une angoisse : c'était qu'on se rende compte à quel point ça déconnait à la maison ! J'avais le sentiment qu'à mon entrée dans la cour tout le monde allait deviner que mes parents se baladaient à poil chez moi ou avaient plein d'histoires de cul... Par conséquent je donnais absolument tous les signes de normalité : franchement, j'étais une élève irréprochable. » Cette volonté d'être la meilleure, afin de ne surtout pas être identifiée comme différente, je l'ai retrouvée aussi lorsque j'ai rencontré Claudia Senik, normalienne et brillante économiste. Le père de Claudia, André, était le meilleur ami de celui de Sylvain Kahn. C'est ensemble qu'ils militaient au PC et à l'UEC, ensemble qu'ils ont perdu cette bataille politique qui a conduit à leur exclusion. En rupture avec la politique organisationnelle, André Senik et Pierre Kahn ont pleinement vécu les années 68 dans tout ce qu'elles avaient de plus libérateur. Claudia : « Chez nous, c'était baba cool à mort. La porte toujours ouverte, la maison pleine de gens, des copains de passage qui dormaient là par terre sur des matelas, la musique toute la nuit, les vacances dans des communautés cévenoles, les adultes habillés de peaux de bête – tu sais ces peaux de mouton retournées – avec des chapeaux pas possible... Je me souviens que, pour mon premier jour d'école, un copain de mon père pleurait parce que j'allais être embrigadée dans l'appareil de répression idéologique de l'État ! Mais il pleurait vraiment ! Et mon père avait rédigé une lettre à la maîtresse expliquant que ma santé fragile serait la cause de mes futures nombreuses absences : il était hors de question pour mes parents de respecter le calendrier scolaire, ils entendaient bien partir en vacances quand ils le voulaient ! Moyennant quoi je n'ai jamais manqué un jour d'école ! Il faut dire que j'étais très angoissée par l'école : est-ce que les autres allaient s'apercevoir combien j'étais différente, à quel point je venais d'un autre milieu, d'une autre vie ? Pour conjurer cette peur, il fallait absolument qu'au cours des quinze premiers jours je sois la première, la meilleure. Comme ça, c'était réglé, je savais quelle était ma place, je n'en bougeais plus de l'année. »

Juliette Senik, la sœur cadette de Claudia, précise en rigolant : « Le paradoxe du gauchisme, c'est que c'est une culture élitiste, ultra-littéraire, issue de la révolution surréaliste, qui se veut aussi du côté du peuple, dans la lutte des classes et hors de la société. Le fait d'être bonne élève n'est pas gauchiste ! Ce qui est gauchiste, c'est d'être bonne élève sans effort, dans la grâce, "ça va de soi" : c'est ce complexe de supériorité qui est gauchiste ! » À l'instar des sœurs Senik, l'excellence scolaire a caractérisé un grand nombre d'entre nous. Lorsqu'on était enfant de l'intelligentsia militante de 68, revenir avec une mauvaise note risquait de déclencher une véritable guerre civile : nos parents voulaient mettre à bas l'ordre bourgeois mais ils ne plaisantaient pas avec l'école de la République. Dans ce domaine, nous avons quasiment tous les mêmes souvenirs : « L'exigence scolaire de mon père était extrême, il était hors de question d'avoir une mauvaise note », se rappelle Thomas, complété par Lamiel Barret-Kriegel : « Quand j'étais enfant, il fallait très bien travailler.

À partir de deux ans et demi – nous, on n'entrait pas à l'école maternelle à trois ans, il était hors de question de perdre du temps ! –, il fallait non seulement travailler, mais être la première, impérativement. » Quant à moi, je garde en mémoire les sermons de mon père, les menaces de ma mère lorsque je ramenais un carnet scolaire qu'ils jugeaient insuffisant. Cette exigence constante a conduit mon père à une acrobatie savoureuse qui a pesé lourd dans ma vie d'adolescente.

Nous habitions le XIVe arrondissement. Aux yeux de mon père, aucun collège n'était d'assez bon niveau dans le quartier pour m'accueillir. Il est allé chez le coiffeur, a endossé un costume – sans doute l'un des seuls qu'il ait jamais possédés – et a pris rendez-vous avec la directrice du lycée Victor-Duruy, boulevard des Invalides, à laquelle il a fait un numéro de charme sur le thème du normalien, latiniste et helléniste, qui ne peut envisager de mettre sa fille ailleurs que dans ce lycée à l'excellente réputation… C'est ainsi qu'à onze ans j'ai été littéralement parachutée dans le lycée le plus huppé de la capitale. Dire que j'ai mis un peu de temps pour m'adapter est un euphémisme. Ma différence devait être si visible que, plusieurs mois durant, un garçon, dont je me rappelle précisément l'apparence de fils de très bonne famille, m'a harcelée. Chaque fois que nous nous croisions dans les couloirs du lycée, il s'arrangeait pour m'écraser le pied en me murmurant à l'oreille : « Pardon ducon ! » Systématiquement, les larmes me montaient aux yeux : ne voyait-il pas que j'étais une fille ? Progressivement, je me suis fondue dans le moule. J'étais invitée chez des copines qui habitaient des hôtels particuliers rue de l'Université. Je passais le week-end dans d'impressionnantes maisons de campagne. Parfois nous y allions en Rolls ; l'une, cela m'avait marquée, était dorée un peu pailletée, comme dans Barbie. J'étais invitée en vacances de Noël à « Saint-Barth », sans avoir la moindre idée de l'endroit où ça se trouvait. Je dansais le samedi soir dans des rallyes, ces fêtes très privées où les rejetons de la haute bourgeoisie se retrouvent entre eux afin d'éviter toute mésalliance. Un univers où l'argent faisait la loi : dans « ma bande », pour l'anniversaire des garçons de treize ans, on faisait une quête pour leur offrir « une paire de Weston ou de Church », marques dont je n'avais jamais entendu parler avant de fréquenter le VIIᵉ arrondissement. Bien sûr que j'avais été estomaquée la première fois que l'on m'avait appris le prix de ces chaussures, et naturellement que je n'en avais rien laissé paraître. Avec le recul, cet incroyable décalage entre ce que j'avais vécu durant toute mon enfance et l'univers dans lequel je me trouvais soudainement plongée me laisse perplexe. Je crois que mes parents n'ont jamais pris conscience de la schizophrénie à laquelle ils me poussaient, aveuglés qu'ils étaient par leur souci d'excellence scolaire – sans voir le reste. Le reste, c'était un monde où les gens étaient majoritairement de droite, privilégiant le plus souvent le capital économique sur le capital culturel, tenant des discours aux antipodes de ceux que j'avais toujours entendus. Je me rappelle ainsi

qu'en mai 1981, après l'élection de François Mitterrand, certaines de mes copines sont arrivées les
yeux rougis de larmes : leurs parents venaient de
leur annoncer qu'ils allaient devoir s'installer dans
un autre pays, les communistes étant désormais au
pouvoir ! Évidemment, jamais au cours de ces années
je n'ai mentionné mon histoire familiale : fille de
révolutionnaires maoïstes, anciens établis à l'usine !
Comment aurais-je pu raconter une chose pareille ?
Je donnais le change… Ça a duré quelques années,
j'étais fascinée par les plus riches et les plus sots,
j'aurais préféré me faire couper en morceaux plutôt
que d'inviter chez moi mes amis des beaux quartiers
aux appartements gigantesques. Finalement, ma crise
« nouveau riche » s'est soldée par un coup de foudre
pour un punk : du jour au lendemain, j'ai planté là
les Weston pour les épingles à nourrice… Fin du
grand écart. Je n'étais plus aussi loin de tout ce qui
m'avait constituée.

Sur le terrain de l'élitisme intellectuel parental,
Lamiel a aussi son lot de mésaventures : « Il y a un
film très joli qui s'appelle *Portrait craché d'une
famille modèle*, c'est une comédie américaine, et il
y a cette scène où l'on voit deux parents qui parlent
à leur fille. C'est un plan fixe, on ne voit que les
parents. Ils lui reprochent d'avoir beaucoup baissé
ce trimestre, c'est terrible, il faut absolument
qu'elle se reprenne, ils se lancent dans un très long
discours expliquant que si elle ne se reprend pas
elle va finir caissière dans un grand magasin…
Cela dure encore et encore, sur le travail, l'effort, la

nécessité d'être la première, etc. Et puis la caméra se tourne vers la fille : c'est une enfant de quatre ans ! Cette séquence fait mon bonheur, elle est mienne. Je l'ai vécue. Réellement. Mes parents m'ont toujours dit et répété qu'il fallait travailler. Travailler, être la première, c'était fondamental, il n'y avait rien d'autre, seuls le travail et la culture comptaient. Pour mes cinq ans, mon père m'a proposé de m'apprendre la grammaire. Je n'avais pas la moindre idée de ce qu'était la grammaire, je pensais à un secret fabuleux, une recette de gâteau magique, que sais-je… J'étais très enthousiaste, j'ai évidemment dit oui. De ce jour-là jusqu'à mes douze ans, j'ai fait une heure de grammaire TOUS LES JOURS. Je me souviens très bien qu'on a commencé par l'article ! J'ai vécu ces leçons avec un sentiment double. C'était un cadeau qu'il me faisait et je le recevais en tant que tel, tout en ayant du mal à l'apprécier comme il l'aurait souhaité… Mais bon, je suis devenue très forte en grammaire. L'idée générale, c'est quand même qu'on n'est pas là pour s'amuser. Il m'en reste une incapacité totale à envisager la vie sans travailler. Je connais beaucoup de femmes qui lors de leur grossesse, ou à l'occasion de la naissance de leur enfant, se sont arrêtées de travailler pendant un long moment. Ça m'est impossible, je ne peux pas l'envisager, je n'ai pas le droit de m'arrêter de travailler. S'arrêter de travailler, c'est mourir. On n'est plus personne. On n'existe finalement que par le travail. »

Oui, il fallait beaucoup travailler lorsque nous étions enfants et il était hors de question de décevoir nos parents… qui n'étaient pourtant pas à une contradiction près. Claudia Senik était si bonne élève qu'elle s'ennuyait en classe ; ses professeurs ont convoqué son père et lui ont conseillé de la changer de lycée. « On nous avait indiqué l'École alsacienne, c'était une école pilote à l'époque. Pour y entrer, il fallait passer un test d'admission. Mon père m'accompagnait. À l'accueil, nous avons été orientés par une jeune fille très sympathique. Alors qu'elle m'indiquait le chemin, mon père s'est penché et m'a chuchoté à l'oreille : "Souviens-toi toujours que ces gens sont nos ennemis de classe !" C'était vraiment typique de cette génération : mettre son enfant à l'École alsacienne en lui intimant l'ordre de ne pas y être ! » Sa sœur Juliette renchérit : « Résultat des courses, à force d'entendre que c'étaient nos ennemis de classe, moi, j'ai quand même réussi à me faire virer de l'École alsacienne ! Et mes parents se sont contentés de souligner que je m'inscrivais dans la tradition de rébellion d'André Gide ou de Michel Butel qui avaient connu le même sort. Mais j'en ai souffert : être virée de l'école à treize ans, ce n'est pas simple… » Pierre Kahn a déserté le foyer familial juste après la naissance de son fils Sylvain, puis a été suspendu de l'Éducation nationale pour contestation de l'ordre établi, il n'empêche : « Mon père voulait absolument que je fasse une grande école. Ce n'était pas négociable. Je devais faire l'École normale supérieure, devenir agrégé, puis prof de fac. J'ai donc fait Normale, j'ai eu l'agreg, mais j'ai mis de longues années à devenir universitaire. Et je ne sais toujours pas si j'avais envie d'être prof ou si j'ai fait ça pour faire plaisir à mon père ! »

Les injonctions contradictoires de nos parents ont eu parfois des conséquences plus compliquées sur nos itinéraires. C'est par hasard que j'ai rencontré Aurélia Jaubert : une amie m'avait parlé d'elle. J'avais lu des choses sur ce qu'en 1971 on avait appelé « l'affaire Jaubert ». Aurélia avait trois ans lorsque son père, Alain, s'est fait très sévèrement casser la gueule par des flics. Il avait tenté de s'opposer au passage à tabac d'un homme lors d'un banal contrôle d'identité. À sa sortie de l'hôpital, très amoché, Alain Jaubert avait porté plainte contre ses agresseurs. Le procès avait été l'occasion d'une très forte mobilisation des intellectuels et de l'extrême gauche qui dénonçaient les violences policières d'alors. Jaubert avait gagné son procès, une première à l'époque… « L'activisme, l'engagement de mes parents faisaient complètement partie de ma vie lorsque j'étais enfant. C'était mon univers. Je suis fille unique, j'étais donc tout le temps avec des adultes. C'était festif, ils parlaient fort, ils fumaient, ils buvaient, ils s'engueulaient, ils riaient. Nous passions beaucoup de temps dans les cafés. Je m'endormais sur les banquettes, j'adorais ce brouhaha continuel, ça ronronnait dans ma tête… Mon père me portait pour rentrer à la maison, en chemin il continuait de discuter, je me souviens encore du son qui sortait de son thorax dans mon demi-sommeil. J'aimais ça. » Pour Aurélia les choses se gâtent après une petite enfance idyllique passée à la crèche des Beaux-Arts. Cette crèche fut l'une des premières fondée et gérée par des parents militants d'extrême gauche. On parlait alors de « crèche sauvage », aujourd'hui on dirait « crèche parentale ». « J'ai passé mes premières années dans une grande liberté. Aux Beaux-Arts, nous, les enfants, passions d'atelier en atelier… On adorait perturber les ateliers de nus, on ouvrait la porte en criant : "Oh les nanas à poil !" et puis on repartait en courant. On entrait dans les ateliers, on prenait de la pâte à modeler, des gouaches, c'était très gai, tout le monde nous connaissait… C'était la guerre du Vietnam. Avec mon cousin Balthazar, on allait dans l'allée principale, on expliquait aux étudiants qu'on faisait la quête pour les petits Vietnamiens, ça faisait rigoler tout le monde, on récupérait quelques sous. Ensuite, on allait voir le gardien qui nous faisait traverser pour qu'on s'achète des chewing-gums. Ça s'appelait des chewing-gums gagnants à l'époque. Cette crèche des Beaux-Arts était un formidable endroit de liberté, c'était vraiment bien. » Après la petite enfance, la découverte du système scolaire traditionnel en primaire est un choc pour Aurélia : « L'entrée au CP m'a été fatale. Je ne voulais pas y aller, je faisais des crises sur le trottoir, je trouvais mon instit horrible, j'étais dans un univers où je ne pouvais plus parler, plus m'exprimer. Dès que j'ouvrais la bouche, l'instit me disait que je la prenais de haut, que je me prenais pour quelqu'un qui savait tout… C'était vachement dur. Toute la liberté que j'avais connue, surtout d'expression, m'était d'un coup retirée. Je n'ai pas supporté.

L'école est devenue un vrai problème pour moi, cela m'angoissait, je flippais horriblement pour les contrôles. Jusqu'en troisième, je m'en suis à peu près sortie au niveau des résultats, après j'ai commencé à couler. Je n'ai pas passé mon bac. En route pour les épreuves, je suis tombée sur une couverture de *Libé* : elle annonçait la mort de Coluche. Je me suis dit : "Puisque c'est comme ça, j'y vais pas !" J'ai acheté *Libé* et je suis allée lire dans un bar. Mes parents, qui avaient fait de longues études et étaient de vrais intellos, ont été totalement catastrophés : ne pas aller à la fac, c'était la fin du monde pour eux... Mais ma soif d'apprendre ne passe pas par le collectif. Gamine, pourtant, j'adorais ça. Je crois sincèrement que l'école m'a dégoûtée de l'apprentissage. Les premiers, les derniers de la classe, les jugements des profs sur les élèves m'étaient insupportables. Avec le temps, j'ai fini par comprendre que j'avais aussi payé les contradictions de mes parents. Pendant toute une période, ils n'hésitaient pas à me faire louper l'école à différentes occasions. Je me souviens encore d'un mot à la maîtresse en pleine période scolaire : "On a la chance de partir quinze jours en Afrique, on pense que c'est une formidable opportunité pour Aurélia !" Et puis, progressivement, plus je grandissais plus ça se resserrait, il y avait de moins en moins d'espaces de liberté... Jusqu'au moment où ils ont commencé à devenir franchement chiants, il fallait être sérieuse, bosser, aller en cours... Plus moyen de dire : "Je suis malade, je ne vais pas à l'école", et de rester bouquiner dans mon lit. Je l'avais beaucoup fait et ça n'avait jamais posé de problème. Brusquement, ça m'était interdit ! Ce basculement était très compréhensible de leur part – maintenant que j'ai deux filles, je le comprends bien sûr –, mais sur le coup ça a été rude. Je trouvais ça radical comme changement, je me disais : "Tout ça pour ça !" »

Ce grand écart permanent entre les valeurs qui nous ont été inculquées enfants et ce que nous sommes devenus a fait de certains d'entre nous des contorsionnistes plus ou moins professionnels. À Sciences Po, j'étais amie avec Jérôme Sainte-Marie. Il arrivait de Nice, il n'était pas très à l'aise dans le monde parisien, mais il avait un regard acéré sur le fonctionnement de la société. Jérôme a très bien réussi. Il est devenu directeur d'un important institut de sondages. Il détient ce que l'on peut considérer comme les apanages de la réussite : il gagne très bien sa vie, possède une très grosse voiture, vit en compagnie de ses enfants dans une maison à Rambouillet avec jeune fille au pair, gros chiens et poneys, mange dans d'excellents restaurants, part en vacances à l'autre bout du monde, que sais-je encore… Et pourtant, l'enfance et l'éducation de Jérôme ont été sans doute parmi les plus rigoristes qui soient sur le plan politique : « Je te parle donc de mes parents, des gens décédés depuis longtemps, depuis une vingtaine d'années pour mon père, une dizaine d'années pour ma mère, mais dans mon souvenir toujours présents. Ils m'ont beaucoup marqué, et je crois qu'aujourd'hui si je m'occupe de sondages politiques c'est en partie en raison de leur éducation. Même si je ne doute pas un instant que mes parents seraient surpris et pas forcément contents de me voir faire cette activité commerciale, d'autant plus qu'elle est appliquée à la politique… Bref. Je suis né en 1966 à Alger. Mes parents étaient professeurs coopérants, ils y ont vécu de 1964 à 1972, trois de leurs quatre enfants y sont nés. C'était un choix complet d'immersion – dans l'immeuble et dans le quartier où j'ai habité de zéro à six ans nous étions les seuls Français –, dans la continuité de leur engagement politique total et intense contre la guerre d'Algérie. Ils s'étaient connus à l'UNEF. Ma mère a adhéré au Parti communiste à l'âge de dix-sept ans, c'est-à-dire – comme elle le faisait remarquer avec coquetterie – en 1956, après les événements de Budapest. Les rares reproches que j'ai entendus par la suite sur le PC – outre le fait qu'il était trop tiède sur bien des sujets –, c'est qu'il avait voté les pleins pouvoirs à Guy Mollet et soutenu la candidature de François Mitterrand ! Entre 1956 et 1966, l'engagement de ma mère est centré sur les luttes anticoloniales et le tiers-mondisme. Ma mère était vraiment… le diamant pur de la révolution ! Lorsqu'il y a eu la rupture sino-soviétique, elle vivait en Algérie, et c'est tout à fait normalement qu'elle a basculé idéologiquement du côté prochinois. Cependant, elle ne militait plus activement, c'était trop difficile et dangereux en Algérie ; alors elle transmettait ses valeurs politiques passionnées à son entourage et prioritairement à ses enfants. Mon père était beaucoup plus militant qu'elle sur le terrain, bien qu'il ait refusé d'adhérer à la Gauche prolétarienne qu'il trouvait, je me souviens de son terme, "guignolesque". Tout le monde, ou presque, a des parents qui ont des idées politiques mais je crois que ce qui nous distinguait des autres, c'était l'omniprésence de la politique. Mon père entendait appliquer ses principes idéologiques à l'éducation de ses enfants comme à sa relation de couple. Ça a d'ailleurs probablement précipité sa perte... Toujours est-il que, dans notre petite cellule familiale, nous vivions réellement en commune populaire. À la maison, on lisait *La Chine en construction*, tous les ouvrages sur Mao, on organisait entre enfants des débats sur les modalités de la révolution, on parlait de ce qui se passait en Palestine, en Chine, au Cambodge. En 1976, à la mort de Mao, ma sœur a dessiné un grand portrait de lui que nous avions entouré de velours noir. Nous recevions une éducation ouvriériste et tiers-mondiste, nous étions élevés dans l'idée que le meilleur se trouvait au sein des masses laborieuses, étrangères de préférence. Puis nous sommes rentrés en France en 1972. Mes parents ont continué à nous éduquer exactement de la même manière. Leur lecture du monde était celle d'un affrontement permanent, cela portait sur tous les domaines de la vie, et je dois dire que ça m'a marqué. Tout était un jeu à somme nulle : si certains s'en sortaient, c'était forcément parce que d'autres avaient la tête sous l'eau. Toutes ces contradictions sociales devaient immanquablement déboucher sur une catastrophe d'où émergerait un monde meilleur. C'était l'antiréformisme total. En termes d'éducation, je ne suis pas certain qu'être élevé dans ce désespoir méthodologique soit idéal. On devait très bien travailler à l'école, c'était impératif, mais on ne savait pas bien pourquoi, puisque les réussites individuelles n'avaient aucun sens : le monde tel qu'il était ne méritait pas que l'on y réussisse. Ainsi, on nous répétait sans cesse qu'il ne fallait surtout pas que nous imaginions nous en sortir. En résumé, il fallait militer pour des gens qui ne nous ressemblaient pas et qui aspiraient à la faillite du monde dans lequel on vivait. Évidemment, c'est un schéma un peu compliqué ! La conséquence pratique, c'était vraiment ce pessimisme total dans lequel nous étions élevés, et que je regrette parce que ça aboutissait à une forme de défaitisme pour nous tous. Alors, à force d'entendre que toute réussite était impossible, j'ai fait des choix à certains moments qui n'étaient pas guidés par la passion intellectuelle mais plutôt par l'envie de gravir les échelons supérieurs dans la hiérarchie. Je me suis coltiné à cette question de l'ascension sociale, d'autant plus que, n'étant pas très à l'aise dans pas mal de domaines, je me suis senti bien à cet endroit-là. Franchement, je crois pouvoir dire que je n'ai pas voulu réussir seulement pour les revenus que ça procure, mais sans doute avant tout pour me rassurer. »

6

Survivants

« Mes souvenirs les plus marquants, dit Claudia,
restent attachés à la liberté sexuelle : tout le monde
à poil tout le temps, on ne fermait pas la porte des
toilettes. Au fronton de notre appartement aurait pu
être inscrite cette phrase de Lacan : "Ne jamais
céder sur son désir." C'était très gai et je garde de
bons souvenirs de cette époque, même si je suis
bien obligée de constater que dans la vie quotidienne, avec mes enfants, je suis aux antipodes de
ce que j'ai vécu avec mes parents. J'ai le sentiment
que nos parents avaient à vivre tellement de choses
qu'ils n'étaient pas du tout centrés sur nous. Avec
ma sœur Juliette, nous faisions absolument ce qui
nous plaisait : on mangeait ce qu'on voulait quand
on voulait, on ne nous disait jamais d'aller nous
coucher, pas une seule fois dans ma vie d'enfant je
n'ai entendu ma mère me demander de ranger ma
chambre ! Moi je suis totalement obsédée par mes
enfants : si dans la journée ils n'ont pas fait leurs
devoirs, du sport, de la musique, ça ne va pas. Mon
grand moment de bonheur, c'est le samedi matin,
lorsque j'accompagne mon fils au conservatoire du

VIᵉ arrondissement pour son cours de piano : là je me sens vraiment bien ! Enfant, je ne faisais ni musique ni sport… Jamais mes parents n'auraient pensé nous inscrire à une quelconque activité, ils ne possédaient pas ces codes culturels-là, ce n'étaient pas des bourgeois. Mon père comme ma mère sont fils et filles de parents juifs polonais misérables qui ont immigré en France pour une vie meilleure. J'ai la certitude que mes grands-parents juifs polonais ont immigré pour ça : pour que nous bénéficiions de tout ce qu'il y a de meilleur dans la société française. C'est pour que j'emmène mon fils au conservatoire tous les samedis que mes grands-parents sont venus s'installer en France. Être fidèle à leur projet de vie, c'est continuer à progresser dans la société française. C'est ce que je fais. Toute mon enfance, je venais au Luxembourg, à l'Action Christine, j'ai rêvé de ce quartier ; je l'ai voulu, je l'ai eu ! J'habite dans le Vᵉ arrondissement, mon fils aîné est à Henri IV, avec mon deuxième mari nous avons acheté une résidence secondaire à l'île de Ré… Je suis une vraie bourgeoise, mais je n'ai aucun mal avec ça, j'assume complètement. »

L'entretien avec Claudia est un moment important de ma quête. Elle met le doigt sur une question autour de laquelle je tourne depuis un moment sans arriver à l'appréhender : l'importance du judaïsme de nos parents dans cette histoire, donc dans la nôtre. Sans doute est-ce parce que son rapport au judaïsme est plus simple, plus direct, que le mien ? Ses quatre grands-parents sont des juifs polonais immigrés en

France, seuls mes grands-parents paternels, et par conséquent mon père, sont juifs, également originaires de Pologne. Selon la loi hébraïque, je ne suis donc pas juive, combien de fois me l'a-t-on répété... Et pourtant ! J'ai dit l'accent yiddish de mon grand-père, les blagues juives pendant vingt ans. Je n'ai pas encore dit l'état d'anxiété pathologique de Macha, ma grand-mère paternelle, devenue Maryse en France, que la Shoah a rendu folle d'angoisse jusqu'à la fin de ses jours : « Virginie, les gaz, je sens les gaz, il ne faut pas allumer le chauffage, il va y avoir une fuite de gaz, j'étouffe ! Vite ! Dépêche-toi ! » Ma grand-mère qui, pendant des années, dès qu'elle lisait dans *France-Soir* qu'un incendie s'était déclaré dans Paris, qu'un enfant avait été volé, écrasé, violé, se précipitait sur le téléphone pour vérifier que ce n'était pas de nous dont il s'agissait. Ma grand-mère toujours, si terrorisée par tous les dangers qui nous menaçaient potentiellement, que tout nous était interdit lorsqu'elle nous gardait. Ma chère grand-mère qui, lorsqu'elle me donnait de l'argent de poche, me murmurait à l'oreille : « Tiens, prends, c'est la Gestapo qui paye ! » parce qu'elle percevait une rente à vie de l'État allemand au titre de victime de guerre. Je n'ai pas encore dit que cette grand-mère-là, à la fin de sa vie, démente sur son lit d'hôpital, ne voulant plus s'alimenter, s'était réfugiée dans sa langue natale, le polonais, mélangée à du latin, ce qui avait fait dire aux infirmières imperturbables qu'elle n'était pas facile à comprendre. Je n'ai pas raconté non plus que mon frère Pierre avait écrit, dans un de ses scénarios, une scène où une mère veut étrangler son nouveau-né. Et alors que je lui demandais d'où lui venait cette scène insoutenable, nous découvrions ensemble que c'était précisément ce que mon père avait vécu avec sa mère, peu après sa naissance en avril 1944, parce que tout valait mieux que les Allemands. Il avait été sauvé *in extremis* par son propre père entré providentiellement dans la chambre. J'ai gardé pour moi longtemps que sur la photo de mariage de mon père et de ma mère, alors enceinte de moi, en 1966, manquait mon grand-père maternel qui désapprouvait que sa fille épousât un juif. Je n'ai pas dit surtout que nous avons été élevés comme des survivants.

Nous avons été élevés dans l'idée que nous ne devrions pas être là. Mais au lieu d'en tirer une grande joie, mes grands-parents paternels en ont tiré une immense culpabilité : pourquoi est-ce qu'eux s'en étaient sortis, alors que tant d'autres y étaient restés ? Avoir échappé au destin tragique de la majorité des juifs de ces années-là n'a pas renforcé ma famille, cela l'a détruite. Je n'ai découvert que très tardivement qu'il y avait une autre façon d'appréhender le fait d'avoir été du bon côté de la barrière, de s'en être tiré. C'est en parlant avec Claudia Senik, avec Juliette sa sœur, avec d'autres aussi, que j'ai appris que l'on pouvait être juif autrement. Qu'il pouvait y avoir une joie, une frénésie, un appétit de vivre et de revanche dans le fait d'être un survivant. Je n'aurais jamais imaginé que l'on pouvait être heureux d'avoir survécu. Et je comprenais soudain que mes grands-parents en avaient eu honte. Je crois que mon père a été élevé avec la profonde culpabilité d'être vivant et une immense difficulté à jouir de cette chance-là. Je crois qu'à son tour il nous a élevés dans cette culpabilité-là, mon frère, ma sœur et moi. Il fallait payer le fait d'être en vie parce que ce n'était pas normal. Ce n'était pas ce qui aurait dû être. Il a pu penser, c'est ce que je crois aujourd'hui, que cette vie qui lui avait été donnée, il valait mieux la rendre. Peut-être à un moment a-t-il cru que c'était même la seule chose à faire ? Ce que je sais maintenant c'est que nous, les enfants, étions comme lui enfermés dans cette question du survivant qui ne nous a à aucun moment été énoncée. Nous avions la chance d'être là, point à la ligne. Nous n'avions pas à nous en réjouir. Surtout pas. Nous devions juste tout faire pour le mieux parce que c'était la moindre des choses. Être bon élève et ne pas faire de vagues. Ne pas se faire remarquer. Ne surtout rien demander sur le passé, l'histoire, les disparus de la Shoah. Me revient en mémoire la brusque sécheresse de mon grand-père, lui dont j'aimais tant la bienveillance rassurante, à qui j'osais demander d'où venait ce nom de Linhart qui n'a rien de typiquement juif : « Virginie, à une époque tu n'aurais pas été là pour poser la question. » Oui, mais j'étais là, c'était comme ça, et j'avais envie de savoir. Mais je n'ai pas su. On ne nous racontait rien. Il fallut, ainsi, batailler des années pour apprendre que mon grand-père avait perdu une sœur aînée et sa petite fille, abattues je crois par des Allemands sur un lit d'hôpital en Pologne. De même, je n'ai jamais réussi à comprendre de combien exactement de frères et de sœurs ma grand-mère, qui était issue d'une grande fratrie, portait le deuil. Et j'ignore également comment mes arrière-grands-parents ont disparu. Le silence sur leur histoire, le silence sur leur mort. Puis, plus tard, le silence de mon père. Et nous les enfants, silencieux sur le silence. Jusqu'à étouffer d'angoisse. L'angoisse, ma plus fidèle compagne. Elle m'accompagne partout, ne me quitte jamais. J'ai dit ma grand-mère et ses phobies. Je ne vaux pas mieux. Je ne lis pas *France-Soir*, mais moi aussi j'ai peur, de tout, tout le temps. Peur de ne plus réussir à travailler, peur qu'il arrive quelque chose à mes enfants, peur que mon mari disparaisse, peur de devenir folle. J'ai l'imagination du pire, jamais celle du meilleur. Si le téléphone sonne un peu tard le soir, comme ma grand-mère avant moi, comme ma tante sa fille, je suis tellement terrifiée par la possible annonce d'une mauvaise nouvelle que je dois me faire violence pour décrocher. Plus jeune, je pouvais passer des journées roulée en boule au fond de mon lit, terrassée. J'ai appris à vivre avec, c'est un combat quasi quotidien, ne pas se laisser submerger par le sentiment qu'on n'a pas le droit d'être là, qu'on n'a pas le droit de réussir, qu'on n'a pas le droit d'avoir de la chance, de gagner de l'argent, d'être heureux.

Dans cette histoire finalement assez sombre de juifs assimilés qui s'en sont sortis sans l'avoir accepté, j'entrevois soudain ce que 68 peut avoir de lumineux, d'éclatant, de salvateur... Tellement à rebours de ce qui constituait le quotidien, de ce qui était permis à la maison – à peu près rien à vrai dire, à part le travail et la famille… Je pose la question à Claudia : pourquoi, à son avis, les juifs ont-ils été si nombreux à participer au mouvement de 68 ? « La guerre contre le nazisme ayant été gagnée par l'URSS, les juifs étaient forcément attirés par le PC. Mon père me racontait qu'à sept ans il se demandait comment être à la fois communiste et internationaliste… La victoire de Staline sur Hitler va lui permettre de s'engouffrer dans ses idéaux, ils seront nombreux dans son cas. Il faudra un moment pour que les juifs se rendent compte des ravages du communisme. Quant à 68, je crois que les juifs avaient envie de changer, ils n'avaient pas envie de se fondre dans l'ordre pompidolien, ils étaient en situation : ils étaient là, ils étaient prêts. Après… j'ai pensé à un truc : être juif après la guerre, sans 68, ç'aurait été vraiment trop triste. Enfant, j'allais en vacances dans ces colonies de juifs communistes, je me souviens de tous ces petits juifs sur le quai de la gare… En fait, on est des survivants, mes grands-parents, mes parents et moi, nous sommes des survivants ! Bon ben voilà ! On peut vivre comme ça, c'est vrai. Mais 68, c'était pour ceux qui n'avaient pas envie de rester dans cette vie-là de survivants, ceux qui avaient envie de passer de l'autre côté, du côté de la vie. 68, c'est sortir de la survie et entrer dans la vie. La survie, c'est juste quand on doit essayer de ne pas mourir. La vie, c'est quand on est sûr de vivre et qu'on doit décider comment on vit, qu'est-ce qu'on choisit comme vie, avec qui ? Et 68 c'est l'explosion de vie plutôt que la survie ! Quand je pense aux juifs qui n'ont pas fait 68, ils ont fait des choses sérieuses : du droit, de la médecine… Ils sont tristes, tournés vers le passé, c'est encore le *schtetl* ! Alors que 68, c'est table rase ! Et faire table rase d'un passé qui nous définit comme survivants, c'est faire le choix de la liberté, de la parole, de la sexualité, de l'exubérance… C'est déconner, c'est vivre au contraire de ses parents. Mes grands-parents ne se sont jamais amusés, n'ont jamais dépensé un sou de trop, n'ont jamais eu d'aventures amoureuses, ne se sont jamais bien habillés, n'ont jamais été en vacances avec leurs enfants, et gardaient toujours tout leur argent dans leur poche… Il n'y a pas plus éloignés dans leur mode de vie que mes parents : tout le temps en vacances, tout le temps la musique, tout le temps le corps, tout le temps la fête. Et je suis héritière de ça. On sait d'où l'on vient : on ne veut pas y rester ! »

68 comme façon pour les enfants des juifs rescapés de sortir du statut de survivants, pour affirmer leur appartenance au monde des vivants… Je regarde mon père sur les photos en noir et blanc de son enfance, cet air grave et triste qu'il avait petit garçon. Je sais ce silence familial et angoissé autour de la Shoah qui l'a accompagné : une génération plus tard, il m'a poursuivie moi aussi. J'imagine alors comme ça a dû être exaltant, à dix-neuf ans, d'intégrer l'École normale supérieure de la rue d'Ulm, de s'échapper, de découvrir que tout pouvait se dire, se penser, que l'avenir ce n'était pas

juste être le meilleur en classe et gagner sa vie, mais refaire le monde comme on le rêvait. Rêver, c'est sortir de sa condition de survivant. Se battre, faire de la politique aussi. Et surtout parler. Les survivants ne parlent pas. Mes grands-parents se sont tus, mon père également par la suite, et moi aussi, de façon différente pendant longtemps. Je revois soudain tous ces gens que j'ai rencontrés au cours de ma vie, comme ils aimaient me raconter combien mon père était un orateur fascinant, le meilleur, le plus fort, imbattable sur le plan de la rhétorique, on ne parvenait jamais à l'interrompre, on n'avait jamais le dernier mot. C'était douloureux de les entendre. Je comprends maintenant que dans ces années 68 mon père a vécu pleinement dans le monde des vivants, et que c'était bon, et que c'était drôle, et que c'était excitant. Je crois désormais que mon père parlait en ce temps comme jamais dans sa famille personne ne s'était autorisé à parler. Que cela devait être formidable de tant parler, de se soûler de paroles alors qu'il avait été élevé dans le silence. Puis son statut de survivant l'a rattrapé et lui a cloué littéralement le bec. Et le nôtre dans la foulée.

7

Vies de famille

À l'occasion d'un dîner organisé par une amie qui connaît mon projet, je rencontre Thomas Piketty. Directeur d'études à l'EHESS, Thomas s'est imposé comme l'économiste du Parti socialiste au cours de la dernière campagne présidentielle. Il est aussi le fondateur et le directeur de la première école d'économie française. Sa thèse consacrée aux grandes fortunes du XXe siècle a quasiment été un succès de librairie : la question des inégalités y apparaît comme une véritable grille de lecture de l'histoire générale de la France contemporaine[1]. Il n'a pas quarante ans, il appartient déjà à l'establishment intellectuel et politique – le moins qu'on puisse dire, c'est qu'il n'a pas perdu de temps. Thomas est l'un de ces enfants dont les parents se sont brûlé les ailes en 1968. Une adhésion totale à l'air du temps qui leur a coûté cher... Côté paternel, la famille Piketty, d'origine italienne, est prospère ; elle a fait fortune dans la carrière de pierre et vit très bourgeoisement

1. Thomas Piketty, *Les Hauts Revenus en France au XXe siècle*, Grasset, 2001.

à Paris. « Mes parents se sont connus dans une manifestation, ils étaient extrêmement jeunes : mon père avait dix-sept ans, il était en première, ma mère en avait dix-neuf ; issue d'un milieu modeste, elle avait dû cesser ses études en troisième et gagnait sa vie comme employée de banque. Elle était militante à Lutte ouvrière, mon père l'a suivie à LO et a plaqué le lycée. Je nais en 1971, ma sœur en 1974. Mes parents m'ont raconté que progressivement ils se sont sentis ostracisés par leurs compagnons de militantisme : à LO, c'était très mal vu d'avoir des enfants ! Trop bourgeois ! De plus, mon père subissait des pressions de l'organisation qui voulait qu'il prélève l'impôt révolutionnaire auprès de sa famille… Jusqu'en 1974 mes parents tiennent le coup à Paris, parce qu'ils ont l'espoir que la gauche gagne l'élection présidentielle. Après l'échec de Mitterrand, ils décident de tout plaquer pour aller élever des chèvres dans l'Aude : ils quittent la ville, les boulots aliénants, le militantisme organisationnel oppressant et retournent à la terre. Avec les chèvres, mes parents vont jusqu'au bout de l'esprit 68 ; je précise qu'il n'y a aucune origine paysanne dans ma famille de part et d'autre : mes parents sont tous les deux nés dans la capitale ; en vérité, ils n'avaient jamais vu une charrue de leur vie… Je garde une impression homérique de ce voyage pour l'Aude. Mon père ouvrant la route, au volant d'un camion rempli de chèvres qu'il venait d'acheter. Nous, suivant derrière, dans une deux-chevaux bourrée à craquer, conduite par ma mère. Je me rappelle très précisément m'être dit à ce moment-là : "Mais qu'est-ce que c'est que cette blague ?'' Des années plus tard, j'ai été faire un pèlerinage dans le village où nous vivions ; j'ai été frappé par la beauté du lieu, je ne me souvenais pas que le presbytère de l'église, où nous vivions, était si joli… Il faut dire que la difficulté de la vie quotidienne nous occupait complètement. Je garde le souvenir de nos départs à l'aube pour le marché de Perpignan, la voiture bourrée de fromages, je garde également en mémoire l'amertume de nos retours lorsque nous en avions vendu seulement trois. Ce n'est pas si facile de s'improviser fabricant et vendeur de fromages ! C'était pathétique. Très vite, les gens du village ont chargé mes parents de vendre d'autres menues choses pour eux au marché, cela permettait de se faire des marges minuscules. Financièrement, c'était vraiment tendu. Un jour mon père, arrivant au marché, a dû donner un coup de frein brusque : tous les œufs du voisin que l'on devait vendre se sont brisés net. Ça paraît dérisoire, c'était dramatique : entre mes parents et le couple ami avec lequel ils étaient associés, ils ont failli en venir aux mains tant la situation était précaire et le manque à gagner important pour eux… Mon père n'avait gardé qu'une chose de son éducation bourgeoise : il jouait au tennis et participait à des tournois ; le samedi, je l'accompagnais. Généralement les gens qui jouent au tennis en province sont plutôt huppés. Ils avaient de grosses voitures, cela me faisait rêver. Mon père me disait : "Tu sais, Thomas, ils ont de grosses voitures, mais ils n'ont pas de belles idées dans la tête." Je pensais en mon for intérieur qu'il avait peut-être raison, mais que leurs voitures étaient drôlement belles... »

Dans une société qui quitte les Trente Glorieuses pour entrer dans l'ère des chocs pétroliers et du chômage, la famille Piketty a un mal fou à survivre. Sans diplômes, sans capital économique, la sortie des années de l'euphorie révolutionnaire fait l'effet d'une sévère douche froide. « Je n'ai aucun souvenir joyeux de cette période. Mes parents n'étaient pas préparés à vivre ces années de chômage, nous vivions dans la précarité. On oublie que 68 a coûté très cher à un certain nombre de gens qui ont tout plaqué du jour au lendemain pour des idéaux, puis qui se sont fait cueillir par la crise économique des années 70. Comme beaucoup d'autres, mes parents ont adhéré très jeunes, dix-huit ans à peine, à un discours libérateur : ils en ont payé les pots cassés. Ils n'avaient pas fait d'études, ce n'étaient pas des intellectuels, ils avaient rompu avec leur famille... Ils font partie de cette majorité anonyme des post-soixante-huitards dont on ne parle jamais, qui est venue gonfler les rangs des chômeurs à partir du milieu des années 70, sans y avoir été préparée. Je me demande même si ces incidences économiques n'expliquent pas pour partie les discours que l'on a entendus par la suite, ce rejet viscéral des années 68. »

Thomas dit que lorsqu'on m'entend on a le versant glamour de 68, tandis que lui ce serait le versant sombre. « Mes parents ont mis beaucoup de temps à se remettre de leur mésaventure soixante-huitarde, elle a brisé leur couple. Ma mère travaillait la journée comme employée de banque au Crédit Lyonnais et suivait une formation le soir ; elle est parvenue à réaliser son double rêve : devenir institutrice et apprendre à jouer du piano. Mon père a réussi à se faire embaucher comme ouvrier agricole à l'INRA, après avoir été saisonnier agricole pendant plusieurs années : au moins son expérience des chèvres lui a servi ! Ensuite il a progressivement gravi les échelons de l'institution, il est devenu technicien de recherche. Dans quelques semaines, à force de cours du soir, il soutient sa thèse. Mes parents n'évoquent jamais cette période de 68. Je crois vraiment qu'ils la vivent comme un grand échec. Je suppose que c'est arrivé à pas mal de gens dont on ne sait rien : cette masse silencieuse qui a plaqué les études qu'elle aurait dû suivre, la vie qu'elle aurait dû mener, pour un idéal révolutionnaire qui s'est transformé en cauchemar quotidien… et cela sans même passer par la case élevage de chèvres ! »

En écoutant Thomas, je me rends compte que, contrairement aux siens, mes parents n'ont jamais été mis en péril, économiquement ou socialement, par 68. S'ils furent un temps ouvriers, leurs diplômes leur ont permis de retrouver leur place dans la société, après avoir été licenciés des usines où ils s'étaient établis pour militer. Le livre écrit par mon père sur son expérience d'OS à l'usine Citroën est devenu un incroyable best-seller, traduit quasiment partout dans le monde. Aujourd'hui encore, c'est une référence. Après les années militantes, ma mère a repris ses études. C'était courageux : nous étions petits, elle révisait la nuit ses concours de médecine, écrivait sa thèse, elle est devenue chercheuse en biophysique. Même si la trajectoire personnelle de mon père a été obscurcie par sa maladie, objectivement mes parents appartiennent à cette génération de soixante-huitards qui s'en est très bien sortie et occupe aujourd'hui encore des postes privilégiés, ou du moins protégés, dans la société française. Alors, Thomas Piketty excepté, est-ce l'enfance des « bien-nés » de 68 que je suis en train de retracer ? Pas si simple, je crois. J'ai le sentiment que les déterminants sociaux passaient alors après les injonctions politiques. L'un des premiers souvenirs que Lamiel Barret-Kriegel me confie, lorsque je vais la retrouver dans ce gros cabinet d'avocats où elle exerce dans le VIIIᵉ arrondissement, c'est cette fascination qu'elle avait, petite, pour la voiture des concierges garée dans la cour de son immeuble. Cette fille d'intellectuels, qui n'a jamais quitté les beaux quartiers, fantasmait comme Thomas Piketty sur les voitures : « C'était une voiture dorée avec des sièges léopard ! Je la trouvais absolument fascinante. Ma mère ne cessait de m'expliquer que nous, on ne s'intéressait pas aux voitures mais aux livres. Elle répétait sans cesse que les livres c'était bien mieux. Et je me souviens qu'à cinq ans, je pensais qu'elle avait tort… Il m'en est resté un très grand amour pour les bagnoles ! » Depuis, Lamiel a les moyens de s'acheter de belles bagnoles. Elle gagne bien sa vie et ne se prive pas de s'offrir ce qui lui fait plaisir, en toute conscience. « Les temps ont changé et mes parents ont naturellement beaucoup évolué au regard de leurs années de militantisme. Je suis frappée de constater combien ma mère est aujourd'hui soucieuse de ses deux petits-enfants, comme elle a à cœur de nous faire profiter de sa maison qui est très belle. Je vois aussi combien mon père est attentif au parcours de son fils Maximilien, qui est né en 1983 et poursuit de brillantes études de médecine. Mais, à l'époque, le problème de cette génération-là, de ce groupe-là très précis dont on parle, c'est qu'ils n'étaient pas dans cette jouissance-là. Ils étaient dans le travail, l'engagement, les idées. Ils ne s'intéressaient ni au goût du café le matin, ni aux huiles essentielles, ni aux belles choses... » J'avais oublié ça. En entendant Lamiel, les images me reviennent. C'était une époque où l'endroit dans lequel on vivait n'avait aucune importance, la nourriture non plus, ni même la façon de s'habiller... Chez mon père, pendant des années, il y avait des lits, des livres, et des cantines où l'on entassait tout le reste : les vêtements, la vaisselle, les jouets. On ne décorait rien, on n'arrangeait rien. Chez ma mère, nous vivions dans un capharnaüm que je ressentais comme épouvantable. Je passais beaucoup de temps, petite fille, à essayer de lutter contre. J'étais la reine du ménage, je suis devenue une obsessionnelle du rangement. Incapable de m'endormir si la table n'est pas débarrassée, la vaisselle pas faite, le panier à linge trop rempli. Je range tout, tout le temps, je trie, je jette, je passe derrière mes filles, dans leur chambre, pour que tout soit impeccable. Je m'épuise. J'ennuie tout le monde avec ça. Je n'arrive pas à faire autrement. Si tout n'est pas propre et bien rangé, je me sens mal. Découvrir que je suis loin d'être la seule a été un soulagement. Julie : « Je n'ai jamais vu mes parents faire le ménage, ils devaient passer l'aspirateur une fois par an. Résultat des courses, je suis hypermaniaque. J'ai l'éponge à la main toute la soirée, dès qu'il y a un truc par terre, je nettoie ! » Filles de féministes avant-gardistes, nous sommes devenues en toute conscience des fées du logis. Mieux vaut en rire pour éviter d'en pleurer… Comme le ménage, la nourriture était alors le cadet des soucis de nos parents. Mon père se ravitaillait chez « Tout cuit » le bien-nommé, qui vendait une cuisine familiale très bon marché. Ma mère répétait à satiété son unique spécialité culinaire : des œufs durs à la sauce blanche. Thomas se souvient d'un régime à peu près similaire : « Chez moi, c'était la dictature du prolétariat ! L'attention à la nourriture, son goût n'avaient pas d'importance. Pendant vingt ans, le dimanche, on a mangé une tranche de rumsteck – apport en protides – accompagnée d'une salade de fenouil grossièrement coupée. Évidemment, je suis devenu un bon cuisinier et bien manger est important pour moi. » Il n'y avait pas cette attention aux choses agréables de la vie, ni aux belles, ni aux bonnes. Il n'y avait pas cette idée du plaisir des yeux, ou des sens, comme si nos parents étaient trop pris par leur engagement pour s'arrêter au décorum. Julie : « Je me souviens de voisins nous demandant si nous venions d'emménager, alors qu'on vivait là depuis dix ans ! Nous n'avions rien : des matelas par terre, des étagères au mur, et un frigo toujours vide. » Les aspects du quotidien étaient souvent réduits à leur strict minimum, fameuse abolition de la norme bourgeoise. Claudia : « On vivait dans un appartement assez grand dans le XIIIe arrondissement, c'était un lieu de passage avec des matelas en mousse, des lits de camp pour tous les copains qui dormaient là. C'était le bordel. Bien sûr, je rêvais d'un appartement où l'on mettrait des patins pour ne pas enlever l'encaustique. »

J'avais bien plus de vingt ans lorsque j'ai découvert un certain nombre des codes bourgeois en vigueur. Mon éducation ne passait pas par cet apprentissage-là. Dresser une belle table, par exemple. J'ai très longtemps ignoré que mettre une tasse à la place d'un verre ne se faisait pas, qu'un verre à vin n'était pas un verre à eau, que le couteau se plaçait à droite… Était-ce vraiment important de connaître ces usages ? Sans doute pas, mais moi cela m'a passionnée de les découvrir. Je les ai appris pas à pas – chez mes copines, au cinéma, dans les magazines –, comme une conquête, une construction de moi-même en dehors de la sphère parentale. Sur ce terrain-là encore, je retrouve Claudia : « Lorsque je me suis mariée avec mon premier mari, un architecte, j'ai connu un monde que je n'imaginais pas. J'avais été élevée dans l'intellectualisme et la politique, je découvrais l'esthétisme, le sport, le raffinement : ça a été un vrai choc. Je m'y suis plongée avec beaucoup d'intérêt. » Cette façon radicale qu'avaient nos parents de nier tout ce qui n'était pas de l'ordre des idées a eu des incidences souvent compliquées sur nos trajectoires personnelles. Lamiel

Barret-Kriegel n'a pas fait les classes préparatoires, comme l'aurait souhaité son père ; elle a choisi le droit : « Ce n'est pas anodin, le droit, c'est la vie des gens à l'instant présent. À l'inverse de mes parents, je m'intéresse aux gens, aux faits, au sujet beaucoup plus qu'à l'objet ou aux idées. C'est l'analyse qui m'a autorisé ça. » Jérôme Sainte-Marie décrit une famille qui l'élevait dans un esprit de dissidence face au monde qui l'entourait, persuadée que la vérité se trouvait au bout du fusil. Il précise avec un sourire un peu mélancolique que cette idée d'avoir raison contre tous était certes pittoresque, mais pas toujours très drôle. « Avec le recul, je réalise que si mes parents m'avaient laissé davantage ressembler à mes petits camarades pendant ma jeunesse, j'aurais sans doute eu plus confiance en moi, les choses auraient sans doute été plus simples par la suite. Toute cette éducation extrêmement stricte, élitiste, et en dehors de la société à laquelle nous appartenions, a eu des conséquences graves dans ma vie. J'ai récemment divorcé. À cette occasion, j'ai entendu dans la bouche de mon ancienne épouse des reproches sur ma façon d'être, de me comporter, qui m'ont beaucoup rappelé ce que moi-même je reprochais à mes parents de leur vivant. Une façon d'être dogmatique, rigide dans les conversations, de juger les gens immédiatement, d'être en opposition systématique, d'avoir une hiérarchie des centres d'intérêt très exigeante, alliée à cette forme de conviction d'avoir trop souvent raison : c'est la conséquence directe d'une éducation dispensée par une minorité politique convaincue d'être à l'avant-garde. Cette éducation a produit ça en moi, renforcé sans doute par le fait que nous ne vivions pas à Paris, mais en Algérie, puis à Nice. Nous étions très isolés, dans le petit chaudron familial, ça a bien macéré. Les idéologies politiques se sont maintenues dans les comportements familiaux, alors même que le fondement politique disparaissait au fil des années. » À travers le récit de Jérôme Sainte-Marie, à travers les quelques phrases prononcées par Thomas – « Je suis arrivé à l'adolescence bourré de certitudes, d'arrogance et complètement intolérant. J'ai dû en mettre de l'eau dans mon vin pour parvenir à établir un contact avec les autres… » –, j'ai retrouvé un peu de ce qu'il nous a fallu conquérir chacun en chemin. Lamiel : « Je crois que pour se sentir bien il faut accepter de passer par une phase d'égocentrisme, par une phase de réflexion sur notre enfance. J'ai l'impression que si notre génération l'a tentée de manière assez systématique, la leur non. Cette notion du bonheur n'était pas pour eux au cœur du débat. C'est peut-être idiot, cette idée du bonheur, d'ailleurs ? Mais j'ai le sentiment que c'est une chose à laquelle nous tenons. Eux non. Ils n'y pensaient pas du tout, ce n'était pas important. Ce qui était important, c'était l'état du monde. »

Désormais, nous sommes nombreux à avoir nous-mêmes des enfants. Pour beaucoup, ça a été l'occasion de se replonger dans nos souvenirs et d'ériger une règle générale, point commun quasi indiscutable : on ne fait pas comme nos parents ! Juliette : « Je me suis dit : il faut des règles ! Petite, je n'en ai pas beaucoup eu et je crois que c'est bien d'en avoir. Mais la différence fondamentale entre l'éducation que j'ai reçue et celle de mes enfants, c'est que nos parents faisaient leur vie et nous on suivait, tandis que moi je me plie à l'emploi du temps de mes enfants. » Lamiel : « Maintenant que je suis mère, je me rends compte combien on est obsédés par nos enfants et l'idée de leur apporter des choses de leur âge. Franchement, je ne sais pas si à l'époque ça a été leur cas. Ce qui intéressait nos parents c'était lire, travailler et discuter politique. Enfants, nous étions un peu relégués dans notre coin… » Samuel : « C'est ma sœur Charlotte qui me racontait que ça lui avait fait un nouveau petit coup de rancœur envers papa lorsqu'elle avait eu des enfants, elle s'était dit : "Mais comment il a pu être absent à ce point-là ?" À mes enfants, je vais leur donner beaucoup plus de temps que je n'en ai reçu de mon père. Je ne sais d'ailleurs pas si ça en fera des gens plus heureux, mais en tout cas ils auront du temps. » Julie : « J'avais des copines que leurs mères venaient chercher à l'école tous les jours à seize heures trente, elles buvaient un chocolat chaud pour le goûter et on leur demandait ce qu'elles avaient fait dans la journée ; pour moi c'était idyllique, le rêve. Et tu vois, maintenant je suis tous les jours devant la sortie de l'école pour attendre ma fille. » Claudia : « Moi, le week-end, je n'ai pas la moindre ambition de faire un truc pour moi : je m'occupe des enfants, j'organise des choses, je les emmène au ciné, je vais au conservatoire. Jamais mes parents ne se seraient cassé la tête ainsi. »

Lamiel s'impose le square tous les week-ends avec ses fils, Julie ne rate jamais la sortie de l'école de sa fille, Claudia est la reine de l'organisation des activités pour ses trois enfants, Samuel prend du temps pour s'occuper des siens... Quant à moi, je suis obsédée par l'idée que les enfants ne doivent pas être mêlés aux problèmes, aux états d'âme, à l'intimité des adultes. Ce qui me frappe, c'est de constater à quel point nous avons tous adopté un mode de vie bourgeois et une éducation conformiste, non sans regrets parfois. Juliette : « Ma mère avait cette phrase : "Eh oui, c'est terminé maintenant ! La chape de plomb est retombée ! Dommage pour vous !" C'est vrai, nos parents se sont bien marrés, ils ont été les premiers à expérimenter des choses qui nous paraissent maintenant un peu frelatées ; le vrai souvenir de ces années-là, c'est la musique, l'encens, les joints, les communautés, la tentation de vivre autrement à la campagne... Personnellement, si c'était possible, j'adopterais volontiers la vie communautaire qu'ils ont eue. Quand j'étais enfant, ça bougeait, ça respirait, ça circulait, on était mêlé à tout. Moi, à trois ans, je passais la nuit dans des sacs de couchage dans des festivals de rock. Et franchement je trouve chiante la vie quotidienne réduite à sa cellule familiale, au bain des enfants à dix-neuf heures, aux amis que l'on voit le week-end... D'ailleurs je crois que faire des films m'apporte la dose d'incertitude et d'aventure qui me manquerait trop sinon. » Ce sentiment d'être entraîné dans le sillage des adultes a plu à Claudia, enfant : « Ce qui était bien, c'était cette impression de vivre une aventure avec nos parents, c'était le début du monde, les utopies, la liberté, c'était hyper enthousiasmant ! » Julie, elle, l'a détesté : « Moi, mes dix premières années, c'est une espèce de tunnel noir, j'ai fait un black-out. Il ne me reste quasiment aucune image, aucun souvenir. Je n'existais pas, j'étais comme un fantôme, je n'osais absolument pas exprimer mes désirs, mes émotions. »

La liberté que mettaient en acte nos parents s'appliquait à nous aussi, les enfants. Dans mon souvenir, l'immensité de ce champ des possibles était inquiétante. Julie l'a mal vécue : « À l'adolescence j'ai explosé, je suis sortie de mon carcan familial ; c'est bizarre de dire carcan parce que tu imagines les enfants de familles catholiques réactionnaires vouloir sortir de leur carcan, mais la liberté totale, c'est autant un carcan. » Juliette se souvient avoir soutenu à ses parents, dans les moments de règlements de comptes, qu'elle avait eu une enfance malheureuse : « Sur les photos j'ai l'air triste et sombre, comme si toute cette farandole autour de moi, qui était assez joyeuse, j'en percevais la tristesse, le tragique. » Et Claudia, lorsqu'on la pousse dans ses retranchements, modère aussi son enthousiasme : « C'étaient des idéologues, c'est toujours un schéma qui se tient, c'est toujours très cohérent, affirmatif, délibéré. C'était très enthousiasmant, mais aussi un peu perturbant : la musique tard, le monde qui dormait par terre sur des matelas… Mes parents disent qu'on s'en foutait, qu'on s'endormait n'importe où… Moi, j'ai l'impression que ça m'angoissait, en réalité. La vie n'était pas du tout organisée pour nous. Quand on est enfant, ce n'est pas très rassurant. »

En écoutant les parents que nous sommes devenus, je découvre que chacun d'entre nous a ses obsessions concernant l'éducation : une façon peut-être de lutter contre nos fantômes ? « Je déteste mon enfance mais il m'en reste pas mal de choses. Je rêve d'être stricte alors que ça m'est très difficile : ma fille me parle mal, je la traite en adulte, j'ai beaucoup de mal à la considérer comme une enfant... Ma mère ne faisait jamais rien pour moi. Je ne l'ai jamais vue se mettre à une table, faire de la pâte à modeler, nous emmener au parc d'attractions, je n'ai jamais regardé un Walt Disney avec elle... Eh bien, tout ça, je n'arrive pas à le faire avec ma fille non plus ! J'y réfléchis longtemps à l'avance, je me dis : "Bon samedi, on va faire un collier de perles..." Et puis il se passe toujours un truc. Et arrive le samedi soir et Léonie me dit : "Mais maman tu m'avais dit qu'on allait faire des colliers de perles aujourd'hui !" Je pense qu'en termes d'éducation on n'a pas une imagination débridée, on reproduit beaucoup, même à son corps défendant. Je trouve très difficile de transmettre ce qu'on n'a pas reçu. » Comme Julie, je suis incapable de chanter des comptines à mes filles, je suis nulle pour inventer des histoires, très mauvaise pour jouer avec elles, inapte à tout ce qui est activités manuelles. Et le jour où leur père a proposé que nous commencions à dîner tous les quatre, parce qu'elles devenaient plus grandes, j'ai été prise d'une vraie panique : ce rituel ne renvoyait à rien de ce que je connaissais, je n'avais aucun souvenir familial auquel me rac-crocher, je ne savais vraiment pas comment m'y prendre. En entendant Thomas – « jusqu'à l'âge de vingt-cinq ans, je n'ai connu aucun repas familial, nous ne nous retrouvions jamais tous ensemble assis autour d'une table, jamais » –, ou Julie – « Petite, je n'ai jamais eu mes deux parents ensemble à dîner : le plus souvent, j'étais seule et l'un des deux pas-sait par là, presque comme par hasard… » –, je comprends pourquoi il m'a fallu du temps pour découvrir que dîner avec ses enfants peut être facile, voire agréable, et même amusant. Je ne m'en serais jamais doutée. Claudia, elle, ne tolère pas la vision des enfants livrés à eux-mêmes : « Je ne peux pas supporter des enfants qui ne soient pas couchés après vingt heures, je déteste voir des enfants pieds nus, le nez qui coule, mal peignés. Les soirées où les enfants traversent l'appartement en courant, alors qu'ils devraient être au lit, sont un cauchemar pour moi ! Je peux quitter un dîner pour éviter d'assister à ça ! C'est sûrement lié à 68, les enfants ne se cou-chaient pas, étaient négligés, erraient de pièces en pièce, mangeant n'importe quoi, allongés n'importe où, alors que leurs parents paumés se faisaient un trip. Je n'ai pas le souvenir de l'avoir vécu, moi. En même temps, c'est bizarre : pourquoi je m'en sou-viens si je ne l'ai pas vécu ? Je l'ai peut-être trop vu. Finalement, il devait y avoir beaucoup trop de désordre par rapport à la vision d'un enfant parce que aujourd'hui ce désordre-là, pour moi, est inen-visageable. Je suis super laxiste, démago, je cède sur tout, je n'ai aucune autorité sur mes enfants – ça, c'est encore un héritage de 68 – sauf le coucher ! Le coucher ! Il faut qu'ils se couchent ! »

Dans la rubrique du coucher, je partage avec Lamiel Barret-Kriegel ce souvenir d'être restée seule la nuit lorsque nos parents sortaient. Cela nous a marquées, c'est l'une des premières choses dont nous avons parlé ensemble lorsque nous avons fait connaissance ; ce subterfuge dont avaient usé ses parents lui donnant le choix, un soir, entre recevoir un cadeau ou être gardée par une baby-sitter : « À quatre ans, j'ai évidemment répondu : "Un cadeau !" Les fois suivantes, ils m'ont expliqué que j'étais parfaitement capable de rester seule. C'était la terreur. Je me réveillais la nuit, épouvantée. Et le pire c'est que si mon père reconnaît qu'ils étaient un peu légers à l'époque, ma mère hurle quand je lui rappelle ça ! Mais, objectivement, je ne peux pas résumer mon enfance à cette anecdote. Ce ne serait pas juste. » Comme Lamiel, j'ai expérimenté très tôt le fait de rester seule la nuit. Mes parents étaient divorcés et ma mère sortait quasiment chaque soir. Elle était jeune, elle était belle, après la dureté du rigorisme maoïste, j'imagine, je suis sûre même, qu'elle avait envie d'éprouver sa séduction. Je me rappelle que Pierre, mon frère cadet, n'était pas inquiet : j'étais l'aînée, j'avais toujours été là, ma présence suffisait à le rassurer, il dormait du sommeil du juste. Parfois, je me collais à lui dans l'espoir de le réveiller. Je tournais en rond, malade d'anxiété, des heures durant dans l'appartement. Une chose me rassurait : j'allais sur le balcon et regardais dans l'immeuble d'en face, où toute une famille se côtoyait rassemblée dans le salon. Cette vision m'apaisait : là, pas loin, il y avait des enfants et des parents, ensemble, qui pourraient m'aider éventuellement. Après venaient les questions torturantes : si je criais du balcon, m'entendraient-ils ? Comment aller sonner chez eux si j'avais un problème ? Il fallait sortir la nuit dans la rue… Accepteraient-ils de m'aider ? Je les regardais, dînant, parlant, riant, regardant la télé, et j'évaluais les chances que j'avais de les intéresser à mon sort. Ils ne m'ont jamais aperçue, petit fantôme sur le balcon de l'autre côté de la rue. Aujourd'hui encore, je suis certaine que je reconnaîtrais chacun des membres de cette famille si je les croisais par hasard. Mais d'autres fois, la famille blonde et unie n'était pas là. Ma panique augmentait alors d'un cran. Au hasard, je composais des numéros de téléphone pour entendre une voix répondre : « Allô, allô, allô… » Je raccrochais. J'avais entendu quelqu'un me parler. Je passais aussi un temps fou dans l'entrée de l'appartement à guetter la lumière sous la rainure de la porte, signe que quelqu'un dans l'immeuble rentrait.

C'est au moment même où j'ai le sentiment de toucher du doigt ce qui nous réunit, nous les enfants de 68 devenus parents, ce grand écart entre la façon dont nous étions élevés – Julie : « Il y avait l'idée associée à 68 qu'un enfant ça pousse tout seul, comme une herbe un peu, les rôles n'étaient pas bien définis, il n'y avait pas d'un côté les enfants, de l'autre les parents » – et la manière dont nous nous occupons de nos enfants, que je rencontre Alexandra Roussopoulos. Alexandra est peintre, elle organise une exposition avec l'un de mes amis artistes. Ce petit événement me rappelle que, enfant, j'ai accompagné ma mère plusieurs fois chez la cinéaste Carole Roussopoulos, la mère d'Alexandra. Carole était l'une des principales animatrices du MLF. Elle a fondé par la suite le centre audiovisuel Simone de Beauvoir. Je suis extrêmement curieuse de savoir comment Alexandra a vécu son enfance aux avant-postes du féminisme. « Je suis née en 1969, ce dont je me souviens, c'est beaucoup de femmes, beaucoup de femmes à la maison, beaucoup de femmes partout... Des femmes dynamiques, des femmes qui se battent, des femmes qui veulent changer les choses. Beaucoup de rires aussi. Je me rappelle de slogans, drôles, provocateurs : "Il y a plus inconnu que le soldat inconnu : sa femme !" Encore aujourd'hui, je trouve ça génial ! À la maison, il y avait un monde fou. J'ai le souvenir de m'endormir chaque soir avec le bruit des discussions, des grandes tablées, ça parlait, ça s'engueulait, j'aimais entendre mes parents rire avec leurs amis. En même temps, c'était cadré. Mes parents, à côté de leur engagement, de leur activisme même, étaient assez traditionnels dans l'éducation des enfants. Je me souviens que dans cette mouvance de 68, parfois on voyait des choses bizarres : les parents qui laissaient tout faire à leurs enfants, les enfants qui étaient assez négligés... Quand tu es parent, il faut assumer ta place de parent ! Moi, mes parents jouaient pleinement leur rôle. Leur parti pris a toujours été de nous préserver. J'entendais ma mère dans les réunions dire des choses très libres sur la vie de couple, la sexualité, mais ça restait au niveau de l'intellect, ça ne rejaillissait pas dans leur vie intime, en tout cas nous n'en savions rien. Et ça, c'est essentiel. » J'observe Alexandra, je n'en reviens pas de sa sérénité. Je pense que toutes mes constructions théoriques s'effondrent. Comme Lamiel Barret-Kriegel – « mon père m'a eu à vingt et un ans, ma mère à vingt-trois, ils étaient très jeunes ; ils étaient davantage tournés sur la compréhension du monde que sur leur foyer » –, j'ai toujours mis en grande partie sur le compte de l'extrême jeunesse de mes parents cette enfance un peu décalée que j'ai vécue. Mais Carole Roussopoulos n'avait que vingt-quatre ans à la naissance d'Alexandra ; ce n'est donc pas une question d'âge, à tel point qu'Alexandra aura sa première fille à vingt et un ans… Bon, l'engagement politique alors ? Parmi nos parents, il y avait ceux qui étaient très militants et d'autres qui vivaient pleinement l'air du temps. Pas très convaincant non plus. Alexandra décrit une éducation assez classique, à côté de l'activisme militant, de sa mère notamment. « Ma mère était beaucoup à l'extérieur, elle réalisait des films sur la cause des femmes, mais il y avait quelque chose qui se faisait assez naturellement : lorsqu'elle rentrait, elle s'occupait de nous, des devoirs. C'était simple. Ses absences ne m'ont jamais pesé. » Le féminisme alors ? Je partage les souvenirs de Julie : « Gamine, je me rappelle rentrer de l'école et retrouver ma mère au milieu de dix nanas complètement hystériques qui parlaient de la

136

recherche du clitoris, du point G. L'idée générale c'était : on est entre femmes, on parle entre femmes, et même pour jouir on n'a pas besoin des hommes ! D'ailleurs on les méprise ! C'était un peu la guerre, quand même ! » Oui c'était un peu la guerre. J'ai déjà mentionné cette affiche dans les toilettes chez ma mère ; il y était écrit que les hommes étaient dangereux, qu'il fallait s'en méfier. Or Alexandra, elle, raconte une tout autre histoire, une belle, une douce histoire. « Pour moi, le féminisme était très joyeux. Beaucoup de rires, de paroles. Toutes ces femmes du MLF étaient quand même des grandes gueules mais elles étaient très gentilles avec moi, elles me faisaient mille compliments. Ma mère, c'est quelqu'un qui prend de la place, elle est exubérante, elle a du charisme, mais c'est aussi quelqu'un de très généreux. C'est ma vision du féminisme. Elle voulait se construire, voulait le partage des tâches, avait un projet commun avec mon père. Cette façon de penser le couple, leur liberté, leur effort de cons- truction, c'est quelque chose que j'ai reproduit. Dans ma vie de tous les jours, je suis féministe. J'ai besoin de la parité, de la présence des femmes dans mon univers, c'est primordial pour moi. » Je demande à Alexandra ce que veut dire être fémi- niste pour elle aujourd'hui : « C'est ne pas devoir choisir. Se dire que tout est possible : être mère, être femme, réussir professionnellement… Ce sont des combats de tous les instants. Étudiante aux Beaux-Arts en Angleterre, j'avais fait part à mon tuteur, qui aimait mon travail et me soutenait, de mon désir d'enfant. Je l'entends encore me dire :

"Ne fais pas ça, surtout avec un artiste ! C'est toi qui t'arrêteras !" Ça avait été très violent mais ça m'a servi de mise en garde : je n'ai jamais cessé de travailler, même enceinte, même venant d'accoucher. »

Je pense à Claudia et Juliette Senik, à Julie Faguer, à Lamiel Barret-Kriegel, à Aurélia Jaubert, à toutes celles que je n'ai pas encore rencontrées. Le féminisme, nous sommes nées avec, nous le portons en nous, c'est sûr que nous partageons la vision d'Alexandra. « Une femme est l'égale de l'homme, point barre », a dit Julie. Lamiel a ajouté : « Nous, on n'a pas besoin de militer pour être féministes ! » Et Claudia de rigoler : « À seize ans, je suis partie en vacances avec mon premier amoureux en Italie. En arrivant, nous étions affamés. Je me souviens encore qu'il a pris un yaourt et une banane et qu'il a tout laissé traîner sur la table. Je lui ai dit : tu ne ranges pas tes trucs ? Il a bredouillé qu'il le ferait plus tard. À ce moment-là, je me suis très précisément formulé : quelqu'un va devoir s'occuper de cet aspect de la vie et ce quelqu'un, ce ne sera pas moi ! Une demi-heure plus tard, je le raccompagnais à la gare. Je venais de découvrir l'homme normal. »

Je pense alors que nous vous devons une fière chandelle à toutes, même si vous m'avez tant effrayée petite. Encore une fois, je m'interroge : est-ce que c'était possible de faire autrement ? Est-ce que vous pouviez être si fortes, si implacables dans vos combats, si conquérantes, en restant douces, rassurantes et maternelles ? Oui, assure Alexandra, non, affirme Julie. Je ne sais pas. Vraiment. Il faut que j'arrête d'essayer de comprendre ce qui aurait pu être évité, ou pas. Que j'arrête de distribuer les bons points et les mauvais. Ce n'est pas l'objet de ce récit. Sur cette question, ma rencontre avec Mao Péninou va être déterminante. Mao a gardé un souvenir très précis de ces discussions entre sa mère et ses copines féministes, auxquelles il assistait enfant : « À l'époque, on parle beaucoup de l'avortement, de la contraception, mais aussi du viol, de la nécessité de lutter contre, de comment se venger des hommes. Moi, je suis un petit garçon qui baigne là-dedans. Une des amies de ma mère avait été violée et j'ai précisément en mémoire la discussion au cours de laquelle elles ont évoqué entre elles l'idée de l'émasculation pour se venger. L'émasculation ! Je n'en ai pas dormi pendant des nuits, j'en ai cauchemardé des années durant ! On ne peut pas entendre des femmes proches, qu'on voit régulièrement, parler de ça et garder le même rapport aux femmes… On ne peut pas… Après ça, je n'aurai plus jamais le même rapport aux femmes : est-ce là que se fonde mon homosexualité ? En partie sans doute… Est-ce que je parlerais de dégâts ? Je parlerais de conséquences. Je ne regrette rien. Je suis heureux comme je suis aujourd'hui, je vis bien. Il n'y a pas de dégâts, mais des conséquences, des effets collatéraux forts. »

Lorsque j'écoute Mao, je sens que ces mots sont au plus juste. Parler de dégâts, ce serait être dans le pathos ou le ressentiment. Quant aux conséquences, elles font désormais partie de notre quotidien.

8

La politique

J'ai attendu plus de six mois pour discuter avec Mao ; dès que j'ai eu l'idée de ce projet, j'ai souhaité rencontrer le fils de Jean-Louis Péninou. Mao partage avec moi ce drôle de privilège d'avoir son « faire-part » dans *Génération* : « Le 20 mars 1968, Jean-Louis Péninou est l'heureux père d'un fils. Sa femme et lui le baptisent Mao[1]. » Ce prénom m'a toujours fait fantasmer. Lorsque j'ai tout simplement trouvé l'adresse de Mao dans l'annuaire, je n'en croyais pas mes yeux. Je lui ai écrit pour lui proposer un rendez-vous ; ma lettre est restée sans réponse. Quelques mois plus tard, alors que je réalisais un film sur les primaires au sein du Parti socialiste pour les présidentielles de 2007, je me suis trouvée nez à nez avec Mao Péninou, responsable de campagne de Dominique Strauss-Kahn. Nous avons commencé à discuter.

C'est ainsi qu'ayant retrouvé la trace de Mao, j'ai franchi le seuil de la mairie du XIXe arrondissement

1. Hervé Hamon et Patrick Rotman, *Génération*, tome I, *op. cit.*, p. 429.

à la recherche de son bureau d'adjoint au maire. En montant les marches, je souriais intérieurement : je ne savais rien de Mao à part cet incroyable prénom, mais de toute évidence nous n'entretenions pas le même rapport à la politique ! J'ai passé l'ensemble de mes études à fuir les tentatives de recrutement militant dont je faisais l'objet. À la fac puis à Sciences Po, mon nom de famille agissait comme un aimant auprès des syndicalistes étudiants ou des responsables d'organisations d'extrême gauche. Mais, à la moindre tentative d'approche, je prenais mes jambes à mon cou. Pour moi, le militantisme était un embrigadement morbide, tout ce qui se rattachait à l'action politique m'angoissait énormément. En fait, j'étais extrêmement mal à l'aise dès qu'on se mettait à parler politique devant moi. Lorsqu'une discussion prenait un tour idéologique, soudain j'étais frappée de mutisme. Non seulement je ne pouvais plus proférer une parole, mais je n'avais plus aucune opinion. J'étais tout simplement incapable de défendre la moindre idée politique. Un comble pour une étudiante de Sciences Po qui avait pris comme spécialisation de dernière année les sciences politiques. Pendant très longtemps, j'ai mis cette étrange inhibition sur le compte du trop-plein de politique que j'avais dû subir lorsque j'étais enfant. Et puis l'état de mon père me rappelait quotidiennement que la politique est un jeu dangereux et qu'on peut s'y perdre durablement. Donc, prudence. Paradoxalement ou non, cette défiance extrême pour l'action politique s'est accompagnée d'une fascination encore vivace aujourd'hui pour tout ce qui est de l'ordre du politique. Puisque le militantisme m'était interdit, comme on fait une croix sur l'alcool ou la drogue, j'allais étudier la chose politique, la comprendre, peut-être la maîtriser. Cet impératif catégorique m'a entraînée assez loin… jusqu'à passer un doctorat en sciences politiques : moi, la politique ne me rend pas malade, j'en suis même devenue le docteur ! La logique de mon parcours étudiant aurait voulu que je devienne ensuite politologue. Mais peut-on être politologue sans parvenir à tenir publiquement un développement politique ? Sans être capable de défendre en son nom une opinion politique ? Dans le monde universitaire, je me sentais illégitime au possible. Combien de fois ai-je entendu : mais toi, tu devrais quand même avoir un avis ? Qu'en penses-tu ? Mais rien du tout ! Justement, je n'en pensais rien ! Dès que cela devenait politique, je n'avais précisément plus aucune idée sur la question ! C'était comme un grand trou noir, comme si je n'avais rien appris, jamais rien lu, comme si je n'y avais jamais réfléchi, comme si, enfin, je n'avais jamais rien entendu. Et pourtant ! À la maison, on ne parlait que de politique. Il n'y avait pas de discussion autre que politique parce que sans doute rien d'autre n'avait vraiment de sens en dehors de cette grille de lecture du monde. Un souvenir globalement partagé par tous les « enfants de 68 ». Florence Krivine se rappelle encore de son étonnement lorsqu'elle était invitée chez des copains d'école et que « ça ne parlait pas de politique ». Julie Faguer frissonne en y repensant : « Les procès Staline, les trahisons, les machins… J'en ai tellement entendu parler : qu'est-ce que ça m'a soûlée ! C'était une façon de ne pas parler de ce qui était important, de ne pas établir une communication de personne à personne ; pour mon père, c'était aussi une façon de ne pas avoir à parler de lui et de ne pas avoir à s'intéresser à moi. C'était une fuite. On parle de politique pour ne pas voir la réalité en face et les problèmes du quotidien. » Jérôme Sainte-Marie n'est pas non plus franchement enthousiaste : « Le problème, dans ces familles-là, c'est que la politique ne se limite pas à la politique, cela conditionne tout, l'ensemble du rapport aux autres, et évidemment l'éducation. Mes parents aimaient dans le maoïsme ce rigorisme qui n'a pas forcément été pour moi, adolescent, la meilleure des choses : l'idée par exemple qu'on n'était pas là pour s'amuser, qu'il ne fallait pas faire de sport parce que c'était l'opium du peuple... » Claudia Senik se souvient que c'est dans sa belle-famille qu'elle a appris le plaisir de la conversation : « En me mariant, j'ai découvert qu'on pouvait parler de rien à table : comment ça va ? Tu as vu, le magasin d'à côté a ouvert ? Lequel ? Tu sais bien, celui du coin... et blablabla. Voilà, c'est la fonction empathique. Moi je n'avais jamais entendu ça ! Dans ma famille, on n'a jamais passé un repas sans discuter de politique, sans s'opposer, sans s'engueuler : et quoi faire pour améliorer l'égalité des chances ? Et Israël ?... Chez nous on discute, on ne converse jamais ! J'ai vraiment appris la conversation dans mes belles-familles successives, puis après dans le monde ; à présent, je sais le faire ! C'est encore un truc que j'explore avec plaisir. » Thomas décrit une enfance où tout, l'école, le foot, les parties de cartes, même le fait de ne pas finir son assiette à table, était politique : « Quand nous ne mangions pas, nous étions traités de gosses de riches, on nous rappelait que les petits Vietnamiens mouraient de faim ! Ça ne rigolait pas du tout ! Mon père avait un discours extrêmement autoritaire et sectaire qui tournait toujours autour de l'engagement, quels que soient les aspects de notre vie. »

La politique partout, tout le temps, sur tout, si omniprésente qu'elle pouvait en être terrifiante. C'est grâce au documentaire que je suis sortie de l'impasse dans laquelle je m'étais moi-même enfermée, ce rôle de docteur spécialiste qui n'énonce jamais aucun diagnostic. Certes, ma « spécialité », aujourd'hui, ce sont les films politiques, mais avec le travail sur l'image je me suis progressivement réconciliée avec la politique... Ou plutôt, je me suis autorisée à moi aussi penser la politique, même si j'ai besoin d'un support visuel pour le faire. En revanche, il m'est toujours très difficile de prendre part à une discussion politique. Comme les gens pris de vertige lorsqu'ils sont en hauteur, je reste tétanisée. C'est pourquoi, en toquant à la porte du bureau de Mao, j'ai le sentiment d'entrer en terre inconnue. Je ne vais pas être déçue.

« J'ai toujours été militant. À treize ans, je montais un comité de soutien à Solidarnosc dans mon bahut, je collais les affiches pour l'élection de François Mitterrand. À dix-huit ans, j'étais délégué dans la coordination étudiante contre le projet Devaquet, et je ne devais pas avoir dix-neuf ans lorsque je suis entré à l'UNEF. Maintenant, je suis au PS où j'ai des responsabilités nationales, j'ai fait la campagne de DSK dans le cadre de l'investiture du candidat socialiste à la présidentielle, et je suis adjoint au maire dans le XIXe arrondissement. La politique ne m'a jamais quitté. Chez moi, il n'y avait pas d'autre sujet que politique. Le rapport au monde passait par la politique. C'est d'autant plus vrai que mon père, qui était très absent – après le militantisme des années 60, il est devenu journaliste à *Libération*, ce qui était une autre forme de militantisme tout aussi absorbante –, ne nous a jamais parlé d'autre chose. J'ai un frère de dix-sept ans plus jeune que moi, qui s'appelle Corto – passer de Mao à Corto, un héros de BD, est d'ailleurs assez emblématique de la génération de nos parents –, et qui est resté longtemps allergique à la politique. Nous en avons beaucoup discuté. Lorsqu'il a compris que le rapport à notre père ne pouvait pas passer par autre chose, il s'est mis à s'intéresser sérieusement à la politique ! »

C'est pour ne pas imiter le mien que je crois être incapable de faire de la politique, ou même d'en discuter sérieusement, c'est pour rejoindre le sien que Mao s'est plongé dans la politique. Parler de politique c'est forcément parler – aussi – de nos parents. Soudain, je comprends que c'est peut-être pour cela que la politique me plonge dans le mutisme… Une chose est sûre : la politique est pour nous tout sauf un terrain affectivement neutre. C'est là que se joue la possibilité de rompre radicalement avec le modèle parental, ou au contraire de le prolonger. Ainsi Samuel Castro, dont le père Roland ne cesse de réinventer ses modes d'intervention dans le monde politique, s'est tenu soigneusement à l'écart : « Je crois que mon apolitisme vient d'un profond dégoût lié au trop : j'en ai trop entendu. Je suis bien obligé de reconnaître que ça m'a complètement soûlé. » Dans le même registre, Julie Faguer est implacable : « À l'adolescence, j'ai tout rejeté en bloc : je n'ai plus eu une seule bonne note, j'ai cessé de lire et je ne m'y suis jamais remise. Moi, ce domaine de l'intellectualisme, de la politique, je l'ai longtemps nié. J'ai décidé que si je voulais exister, ce serait ailleurs. Petite, je voulais être danseuse ou chanteuse ! Et ensuite j'ai beaucoup investi le domaine domestique : j'aime faire les courses, la cuisine, m'occuper de ma maison, recevoir à dîner. Il m'a fallu des années pour accepter l'idée d'être aussi, à ma façon, une intello. » Matthias Weber est aussi catégorique dans ses rejets : « Je pense que les gens comme mon père, cette génération très politisée a produit les politiciens d'aujourd'hui qui ont accouché de la démocratie médiatique, la démocratie du parti avant la pensée personnelle, les individus. Je trouve ça regrettable. Ça ne m'intéresse pas de rentrer au PS pour dire comme a dit le chef. Être un mouton, un gentil colleur d'affiches, c'est ça qu'ils recherchent. » Nathalie Krivine ne s'est pas non plus laissé tenter : « Je suis révolutionnaire dans l'âme, je suis prête à me battre contre toutes les injustices qui ne cessent de s'accroître, mais le militantisme je ne peux pas. J'ai assisté à des réunions de la LCR dans la cellule de Saint-Denis, j'avoue que ça ne m'a pas intéressée, j'ai trouvé qu'il y avait trop de querelles intestines, tout est très lent. Je préfère l'action sociale et caritative. » Jérôme Sainte-Marie a également rompu avec l'univers de son enfance : « J'aime que les gens aient des convictions fortes. Ceux qui se consacrent à la vie politique sont pour moi des gens estimables, je suis très à rebours de ce que l'on peut entendre de sarcastique sur le monde militant. Mais je n'ai pas conservé cette idéologie de l'engagement qu'avaient mes parents. » Et Aurélia Jaubert ose poser la question fatidique : « On n'est pas militants, on n'est pas politisés, certains ne votent même pas : c'est quand même étrange ! Pourquoi on ne fait rien ? On ne peut même pas dire qu'on est désabusés, parce qu'on est bien placés pour savoir qu'en alliant les forces on fait bouger les choses. J'ai bien vu le nombre de fois où ma mère faisait un *sit-in* à la mairie, à la sécu, à l'école, dans je ne sais quelle administration pour débloquer une situation désespérée pour quelqu'un : ça marchait ! Pourquoi on ne le fait plus ? Pourquoi on n'a plus cette énergie-là ? Peut-être parce qu'on a trop entendu : "Mai 68 ça n'a servi à rien…" ? »

Je pense à tous ces parents ex-militants qui ont joué les garde-fous quant à nos timides velléités d'engagement politique. J'entends encore Claudia Senik qui, dans un fou rire, me citait les trois interdits absolument non négociables de sa jeunesse : « La drogue, bien qu'ils se droguassent eux-mêmes, la Mobylette parce que c'est dangereux, et l'engagement politique parce que c'est ridicule. Et le ridicule, c'est ce qu'il y a de pire. Quand mon père a rompu avec le PC, il était écœuré ; il avait le sentiment d'avoir du sang sur les mains, il était dégoûté par l'embrigadement, le côté foule, il trouvait ça grotesque, il nous l'a transmis. Moi je ne vais quasiment jamais aux manifs, je suis allée manifester contre Le Pen au deuxième tour en 2002, mais c'est très exceptionnel. Je déteste ce sentiment imbécile d'avoir raison parce qu'on est nombreux. » Juliette Senik précise : « Parfois, quand je discute avec des amis, j'ai envie de leur dire : "Tout le monde n'a pas eu la chance d'avoir des parents communistes, alors foutez-moi la paix !" J'ai hérité de la moquerie de l'engagement ; je vote, mais j'ai un mal fou à me reconnaître dans un parti, je ne milite pas, je ne vais quasiment jamais à une manifestation sauf si elle est ludique, je suis profondément antigrégaire et individualiste ! » Comme les sœurs Senik, Lamiel Barret-Kriegel s'est aussi heurtée au tabou de l'engagement politique érigé par son père : « Je me suis toujours gardée de tout militantisme, toujours. Au moment du mouvement étudiant de 1986 contre la réforme Devaquet, j'ai eu la tentation de me mettre en avant : j'étais assez populaire, j'aimais bien parler. Mon père m'a dit : "Mais enfin, tu ne vas pas t'engager là-dedans, c'est idiot, on a essayé de faire la révolution, on n'y est pas arrivés !" Cela a coupé net le petit frémissement militant que j'avais, j'ai laissé tomber les AG et je suis retournée réviser mon bac français. » Et Samuel Castro pense avoir été en partie détourné de l'action politique par quelque chose d'un peu similaire : « J'ai beaucoup de tendresse pour ces vieux soixante-huitards, je les aime beaucoup, mais je trouve qu'ils nous ont légué quelque chose de leur déprime, un peu sur le mode du : "De toute façon, vous n'y pouvez rien…" Comme si plus rien n'était possible maintenant, ce côté un peu déprimé et individualiste… Moi ça m'a totalement préservé de tout engagement. »

Ainsi Mao est le premier militant que je rencontre de notre génération. Lorsque Mao raconte ses souvenirs, il décrit une enfance soixante-huitarde classique. Entre quatre et huit ans, il vit avec ses parents et d'autres militants en communauté dans une grande maison près de Dourdan ; à l'époque, c'est la campagne. Il en garde des souvenirs lumineux (les repas, les discussions, les bandes d'enfants, les fêtes), sauf à la fin. Lorsque les couples se désunissent, les uns prennent parti pour la femme, les autres pour l'homme, les choses se durcissent, les relations se tendent. Finalement, la communauté se dissout. La famille Péninou rentre s'installer à Paris. La fin de la vie communautaire ne signe pas la fin de l'engagement. Nous sommes en 1976. Chez les Péninou on continue à parler en permanence de politique, "c'est l'occupation principale, le centre d'intérêt unique", Mao suit tout. À dix ans, il assiste désespéré à l'échec de la gauche aux élections législatives de 1978 : « Je pensais qu'on n'arriverait jamais à rien avec ce système électoral ! » Il participe à toutes les manifs, le Larzac, le soutien à Klaus Croissant, cet avocat de Baader emprisonné, les charges entre autonomes et CRS, et lui, au milieu, sauvé des lacrymogènes par de « gentils CRS : soudain l'image de la répression changeait, expérience intéressante… ». Ses parents sortis, il se relève au milieu de la nuit pour écouter à la télévision les résultats de l'élection présidentielle américaine. Et puis il y a *Libération*. « Mon père est à *Libération* toute la semaine. Quand je pars à l'école, il dort. Quand il rentre du bouclage vers vingt-trois heures, minuit, c'est moi qui dort. Le dimanche, je prends le métro pour aller le voir rue de Lorraine. Combien de dimanches j'ai passé dans ce petit journal – parce que c'est alors un petit journal ! – habité par une passion, des gens qui vibrent, qui circulent : c'est là que ça se passe ! »

Mais Mao, comment as-tu fait pour continuer avec la politique ? Comment en as-tu évité le dégoût ? « D'abord, j'ai existé par ça, comme ça ! Je m'appelle Olivier, Mao, Karl, Fabien. Ce qui veut dire qu'à l'école on me connaissait sous le prénom d'Olivier alors que mes parents m'appelaient Mao. Quand en 1976, à la mort de Mao, je vais acheter *Libé* avec la une et tous les signes chinois autour, je suis tout fier, je l'ai gardée je ne sais pas combien de temps accrochée dans ma chambre ! C'est une image d'Épinal pour moi, je ne connais pas encore la vraie histoire, je l'apprendrai plus tard. À dix-huit ans, lorsque je quitte le lycée, je choisis de m'inscrire à la fac sous le nom de Mao pour exister. Un Mao, il n'y en a qu'un ! À part l'autre… Donc j'existe à travers mon prénom, comme j'existe à travers la politique. Je suis un des rares alors à lire le journal tous les jours, c'est très séduisant un jeune garçon qui parle politique, c'est romantique. La politique, c'est un moyen d'existence. Ça l'a toujours été. Jusqu'à mes vingt-cinq ou vingt-six ans, il n'y avait que ça. »

Et la vie amoureuse, Mao, comment faisais-tu avec tes amours ? La réponse fuse : « Il n'y en avait pas ! Il n'y avait que la politique ! Ça m'évitait d'ailleurs de me poser des questions trop précises sur ma sexualité. Tu sais, en 1986 à l'UNEF, ce n'était pas évident d'assumer son homosexualité. Il y a une culture du machisme en politique dont Ségolène Royal a fait l'épreuve au quotidien dernièrement... Je me souviens que l'une des premières injures que j'ai entendue à l'UNEF était : "pédale droguée". En pleine découverte de mon homosexualité et fumant des joints, je ne sais pas comment je suis resté ! Pourtant j'ai continué, je me suis battu contre le machisme, contre ces gens-là, mais je n'ai pas assumé au sein de l'UNEF mon homosexualité. Aujourd'hui, c'est un de mes regrets de ne pas avoir mené le combat dans l'UNEF pour la reconnaissance du droit à l'homosexualité. C'est fou de se dire qu'il a fallu attendre le sida pour oser parler de l'homo-sexualité chez les étudiants ! »

Ensuite Mao devient un responsable étudiant au PS. Il explique en souriant que lorsqu'on est dans la hiérarchie, les choses deviennent plus simples, c'est plus facile d'assumer, de « déballer », dit-il. Après avoir été très discret, il devient l'un des plus actifs sur les questions qui agitent les socialistes à partir du début des années 90 : le mariage gay, l'homoparentalité, l'adoption… Finalement, Mao, après avoir accompagné toutes les causes des autres, se bat aussi pour la sienne : « Le tournant c'est le PACS. On ne pouvait pas rêver mieux. L'opposition de la droite, la moitié du PS absente, c'était génial pour lancer le débat. Il valait bien mieux que ça se passe comme ça plutôt qu'en catimini à l'Assemblée nationale. On a fait la démonstration que, lors d'un débat politique, on pouvait convaincre les Français : au début ils étaient contre, à la fin ils étaient pour ; il n'y a rien de mieux en politique, il n'y a rien de plus exaltant. »

Mao s'est construit dans l'action politique, et plutôt bien, alors que nous sommes si nombreux à nous en être affranchis à des degrés divers pour exister. Sylvain Kahn a longtemps cru à l'engagement pour infléchir le cours des événements. Ex-dirigeant de l'Union des étudiants communistes, son père Pierre, sans rien empêcher, suivait son initiation avec un peu d'inquiétude. « Il me répétait : "Fais attention à ne pas te faire bouffer, reste toi-même, ne sois pas instrumentalisé, ni pressé comme un citron." Il ne gardait pas un bon souvenir de la période où il était un professionnel de la politique. C'est une période dont il a souffert : mon père a perdu la bataille politique qu'il menait au sein de l'UEC et s'est retrouvé exclu. » L'expérience de Sylvain Kahn en politique a moins été celle du militant professionnel que du technicien qui met ses connaissances au service du pouvoir : « Ce qui m'intéressait alors, c'était l'idée de faire des choses utiles dans des domaines que je connais bien : l'éducation supérieure, l'Europe, l'international, la formation professionnelle. Mais je crois pouvoir dire aujourd'hui que le pouvoir en tant que tel, je n'ai pas le goût pour ça. Or, je suis assez convaincu que pour faire avancer les choses, pour faire des réformes, il faut du pouvoir. Et pour avoir du pouvoir, il faut l'aimer : il faut aimer diriger, aller au conflit, ne pas couper les cheveux en quatre. Il est impossible de réformer sans pouvoir. C'est peut-être la raison pour laquelle les gens de 68 sont nombreux à s'être fracassés sur ces arcanes-là. Je crois vraiment qu'ils avaient une vision du pouvoir qui ne collait pas avec l'idée des réformes. Aujourd'hui, je vois la politique comme quelque chose de moins magique que ce que je voyais avant. J'ai compris que le milieu politique et le milieu intellectuel n'ont pas les mêmes enjeux, ils ne se parlent pas tellement. Et finalement, ça s'explique bien. Pour faire de la politique et des réformes, ce n'est pas la peine d'être un intellectuel ou d'avoir été influencé par les idées d'un intellectuel. Faire de la politique, c'est gouverner une cité au quotidien. Au ministère de l'Éducation nationale, il y a un million de fonctionnaires, trois mille personnes de l'administration centrale, on peut avoir des idées formidables sur les réformes qu'il faut faire, n'empêche qu'il y a des hommes, des habitudes de travail, une culture. Les évolutions sociales et historiques sont très longues. Ou alors on fait comme au Cambodge et c'est la catastrophe. Alors, comme moi ce qui m'intéresse ce sont les idées, j'en suis arrivé à la conclusion que le mieux pour l'instant est d'aller au bout de certaines idées, ce qui est autre chose qu'une note de quatre pages que l'on fait pour le ministre, aussi bonne soit-elle. Finalement, je me retrouve vingt ans après à reprendre mon stylo de normalien agrégé là où je l'ai laissé et à écrire des livres. »

Gilles Theureau prend acte de son incapacité à s'engager politiquement : « J'ai une grande méfiance envers les mouvements de masse, je n'ai jamais pris ma carte où que ce soit, je vote par défaut même si je me sens fondamentalement à la gauche de la gauche. Ce repli sur soi me pose problème, mais l'évolution de l'humanité me rend profondément pessimiste. Cela ne m'empêche pas de participer à toutes les manifs des enseignants ou de suivre de près le débat sur la recherche en France. En fait, c'est dans mon métier de chercheur et d'enseignant, et aussi récemment dans mon rôle de père, que réside principalement mon engagement. » Comme Gilles, nous sommes nombreux à avoir cherché ailleurs cette passion qui habitait nos parents. Matthias Weber : « Moi, c'est le rugby ! Ce qui m'a attiré dans le rugby, c'est cette diversité sociale et la considération que chacun en retire pour ce qu'il apporte dans le collectif. Quand j'étais petit, je n'étais pas très bon sur le terrain, mais j'étais apprécié pour ce que j'apportais dans le collectif. Au rugby, je n'étais jamais "le fils d'Henri Weber". Dans le sport, seule compte la valeur personnelle, on s'en fout des origines sociales ! J'ai été à deux doigts de devenir joueur professionnel. Encore aujourd'hui, deux fois par semaine, le soir, je joue au rugby et le dimanche je vais jouer en province. Ma vie tourne autour de ça. Celle de mon père tourne autour de la politique. Nous n'avons pas la même passion, mais nous avons tous deux besoin de nous investir à fond dans quelque chose qui nous passionne. » Alexandra Roussopoulos a aussi pris la tangente, radicalement et passionnément : « La politique, c'est le monde de mes parents. Ils ont vraiment excellé là-dedans. Je pense que ça a été un couple assez important. Les gens qui nous rencontraient, mon frère et moi, nous disaient : "Vous êtes les enfants de Carole et Paul, quel couple ! Ce sont des gens formidables…" Alors, je me suis tenue à l'écart de ce que je percevais comme leur domaine réservé. Longtemps, je n'ai pas voté. Mon monde, c'est la peinture, c'est ce qui m'a construite et m'anime encore aujourd'hui. »

En nous écoutant, tous, parler de politique et ne pas en faire pour la plupart, je me dis qu'une chose au moins est certaine : nos parents, militants obsessionnels même lorsqu'ils étaient en rupture d'organisation, sont loin d'avoir fait de nous des révolutionnaires. Alors, que nous reste-t-il de cet ancrage en d'autres temps si radical ? Lamiel Barret-Kriegel et Juliette Senik ont répondu sans hésiter une seconde : « Je me sens de façon atavique engagée à gauche ! », en précisant d'ailleurs qu'elles n'en retiraient aucune gloire ; et c'est à peu près ce que je soutiendrais si la question m'était posée.

Aurélia a rigolé : « J'ai toujours voté à gauche et je le ferai toujours, sauf si je deviens sénile comme Glucksmann dont la beauté m'impressionnait petite fille lorsqu'il venait aux réunions chez mes parents ! » Thomas a dit : « La droite, la gauche, c'est très différent à mes yeux. Même si je sais que ce raisonnement est primaire, pour moi, la droite, c'est le diable. » Samuel Castro a été plus drôle : « On est évidemment de gauche, naturellement de gauche, génétiquement de gauche… Et croiser des gens de droite c'est… tellement étrange… C'est un truc comme ça… Mais bizarrement, la conscience politique que ça forge… En fait, tout se passe comme si je me disais : "Bon, mon père s'en occupe, ce secteur-là c'est bien géré !" » J'ai également découvert que, pour bon nombre d'entre nous, l'évidence d'une appartenance politique à gauche n'est pas aussi simple qu'on aurait pu le penser de prime abord ; et de toute évidence mérite d'être questionnée. De son éducation maoïste pure et dure, Jérôme Sainte-Marie retire aujourd'hui une forme d'extrême relativisme qu'il qualifie de distance : « J'ai été élevé dans la perspective d'un monde meilleur, où finalement, que ce soient des réformistes de droite ou de gauche, c'était blanc bonnet et bonnet blanc, puisque les gens de droite ne nous paraissaient pas tellement à droite et les gens de gauche pas vraiment de gauche. Du coup, ma passion pour la politique ne passe pas par l'engagement entre la droite et la gauche. » Matthias Weber reconnaît avoir encore du mal à se situer exactement entre « la bibliothèque de mon père, tous ses livres, Marx en yiddish, en allemand et en français, ça pèse sur une éducation d'être élevé là-dedans », et la profession pour laquelle il a opté. « Je suis un petit entrepreneur et là, forcément, on relativise ! Il y a en moi un côté un peu schizophrène entre ces pensées socialement justes dans lesquelles j'ai été élevé, que je fais miennes, et le monde de l'entreprise auquel je suis confronté, ces blocages, ces réglementations sclérosées qui font qu'on n'avance pas comme on le souhaiterait et qui sont très agaçantes. » J'étais curieuse de savoir comment se positionnerait Claudia Senik. Il est de notoriété publique que ses parents sont passés de l'extrême gauche au « néoconservatisme », ce courant qui rassemble d'anciens gauchistes convaincus que le libéralisme est l'avenir du monde. Le père de Claudia, André Senik, est l'un des rédacteurs de la revue très atlantiste *Le Meilleur des Mondes*, qui s'est clairement prononcée pour Nicolas Sarkozy au moment des élections présidentielles. « Concernant mes parents, je dirais vraiment que c'est du dépit amoureux : l'avantage de la droite, c'est qu'on ne la connaît pas ! C'est abstrait. Et puis avec le temps, mes parents, comme de nombreux juifs, ont pris conscience de l'importance de leur identité juive : le plus important devient Israël, donc son meilleur ami les États-Unis, et tout le reste en découle. » Sur la question du vote, Claudia dynamite tous les présupposés : « Je déteste le sentiment d'appartenance politique, je trouve névrotique de se définir comme étant de gauche. Moi, je suis économiste, je suis libérale et plutôt dans une logique de choix individuels. Récemment, j'ai regardé une émission sur le thème

"Ces salauds de riches !". Je croyais que c'était une blague, mais pas du tout, on nous expliquait que les riches étaient des salauds, et d'ailleurs François Hollande n'a-t-il pas dit : "Je n'aime pas les riches !" ? Ce type de chose m'exaspère incroyablement, cette idée d'être du bon côté, du côté du peuple parce que le peuple, c'est forcément mieux ! C'est de la sottise ! Et intellectuellement cette idée me dérange : moi je trouve que si tout le monde pouvait être riche, ce serait mieux. J'aimerais qu'il n'y ait plus ni la droite ni la gauche, pour qu'on puisse se mettre réellement à discuter. »

9

Après

« Mon père a arrêté net de militer en 1978 et a commencé un travail sur lui-même. Il s'arrêtait par fatigue, disait-il, même s'il affirmait rester fidèle à ses convictions. Moi j'interprète quand même ça comme la fin d'une croyance : lorsque tu es persuadé que tu vas changer le monde, tu n'es pas fatigué ! L'arrêt de son militantisme a coïncidé avec une période vraiment très difficile pour moi. C'était comme si la vie s'arrêtait. J'avais quatorze ans. Pendant deux ou trois ans, j'ai littéralement sombré, psychologiquement, socialement, scolairement. Du jour au lendemain, mon père cessait d'être un militant révolutionnaire, de courir de réunion en débat, de collage d'affiches en distribution de tracts, et moi je me cassais la gueule. Au sens propre comme au figuré. Mon corps explosait de partout. J'ai commencé par me casser la jambe, puis j'ai sombré dans une profonde dépression. J'avais toujours été bon élève, soudain je n'arrivais plus à étudier, j'ai redoublé ma terminale. Il me revient une anecdote à ce sujet : après mon échec au bac, mon père, très inquiet pour moi, avait pris rendez-vous avec ma prof de maths. Lorsqu'il s'est présenté, elle lui a dit : "Mais je ne sais pas qui est Thomas !" Je suis parti vivre un an à Saint-Jean-de-Luz chez ma grand-mère. Peu à peu, j'ai repris pied. Tout ceci est assez contradictoire. Le militantisme de mon père passait avant toute chose, mais en même temps ça tenait tout, le couple, la vie de famille, les relations. J'avais une image positive, valorisante de sa démarche. Et après, quand ça s'arrête, qu'est-ce qui reste ? C'est toute la question. Plus tard, j'ai commencé une analyse. »

La sortie de la vie militante, la renonciation à l'idéal révolutionnaire ont été compliquées pour nos parents, mais Thomas dit là combien ça a été difficile pour nous aussi, les enfants. Juliette Senik se souvient d'avoir écrit dans son journal intime : « C'est bizarre, j'ai l'impression que nous sommes en train de devenir des bourgeois. » Elle avait dix ans. Elle précise qu'elle ne sait toujours pas comment ses parents sont passés de cette vie communautaire et subversive où tout était possible à un retour à la norme. Elle n'a jamais osé leur demander. Elle dit que c'est comme un trou noir, un black-out, qu'un jour c'était terminé. « Ce qui me frappe, c'est que cette période soixante-huitarde a finalement été très courte, mais elle a concentré un nombre d'événements et a déterminé la vie d'un nombre de gens incroyables ! Et puis, à partir de 1974, les moutons sont rentrés à la bergerie, les gens sont rentrés à l'usine, ils ont retrouvé leur boulot, ils ont quitté la vie en communauté… »

Ces années qui ont suivi la fin de l'engagement sont les plus pénibles de mon enfance. J'ai raconté combien le militantisme faisait de nos parents des gens peu disponibles à tout ce qui les distrayait de leur ligne idéologique : nous n'étions jamais premiers dans l'ordre de leurs préoccupations. Mais cela s'expliquait, c'était pour « quelque chose ». Je crois que nous comprenions cela, même petits, nous percevions que cela avait une vraie signification pour eux, donc pour nous. Tout à coup, cela s'est arrêté. Il n'y avait plus d'engagement. Soudain, plus rien n'avait de sens. Thomas : « La fin du militantisme, ça a raflé toutes les valeurs d'un coup. Ça s'est immédiatement répercuté sur leur couple, avec ma mère qui voulait sans cesse refaire sa vie, mon père qui ne parvenait plus à s'engager dans quoi que ce soit, ma sœur et moi au milieu de leurs déchirements en train de ramer. » Mon frère Pierre avait deux ans, j'en avais six, lorsque mes parents se sont quittés ; comme beaucoup d'autres, leur couple n'a pas survécu à l'échec des années militantes. Alors que mon père courait le monde de révolution en révolution, ma mère vivait pleinement les années 70. Des amants, beaucoup d'amants, la fête, la drogue, l'alcool. Elle s'autorisait enfin tout ce qui lui avait été interdit pendant tant d'années ; elle n'était plus la femme du chef, libérée de ce que le militantisme maoïste pouvait avoir d'oppressant, elle entendait en profiter. Pour nous ses enfants, le changement de régime a été spectaculaire. Ainsi, juste après s'être séparée de mon père, ma mère a vécu une assez longue histoire d'amour avec un très riche homme d'affaires. Du jour au lendemain, à la sortie de l'école, un chauffeur nous attendait pour nous emmener le week-end à la campagne en Jaguar vert bouteille. Val-d'Isère et ses cours privés de ski l'hiver, Rama-tuelle et les plages de Saint-Tropez, tout aussi pri-vées, l'été. Mon frère et moi profitions de l'aubaine. Et c'est vrai que c'était agréable, mais tellement étrange aussi ! Un été, un travesti brésilien avait été embauché à la cuisine. Je le revois avec sa tête d'homme, ses robes moulantes fendues, ses talons aiguilles devant ses casseroles. Il était d'une gen-tillesse incroyable et se désespérait : je ne mangeais rien… À tel point que le compagnon de ma mère m'avait offert un tee-shirt barré de l'inscription : « J'ai pas faim. » Je l'ai porté toutes les grandes vacances. C'était vrai, je n'avais pas faim. Je ne com-prenais rien à ce qui se passait, à ce qui nous arrivait. J'avais le sentiment d'être le témoin oublié d'une fête permanente à laquelle je n'étais pas conviée. Surtout, je n'en comprenais pas les raisons.

Brusquement, la politique avait disparu de notre univers quotidien. Le sexe l'avait remplacée. Après avoir vécu dans un univers où tout était poli-tique, tout devenait sexuel. Cette fameuse libéra-tion sexuelle… Sur ce sujet, je suis intarissable. Je n'oublierai jamais les vacances de Pâques, une de ces années-là : mes parents, alors séparés mais encore proches, entretenaient chacun une liaison, et tout le monde séjournait ensemble dans une auberge com-munautaire du côté d'Apt. Je détestais cette confu-sion ; je me suis liée d'amitié avec le propriétaire de l'auberge que j'accompagnais dans la montagne chercher des truffes avec son chien. Je lui étais reconnaissante de me permettre d'échapper à ces chassés-croisés incompréhensibles. Je me rappelle aussi d'un de ces étés à Ramatuelle. Il est tôt le matin. Mon frère et moi jouons sous les arbres dans l'allée qui mène à la villa. Ma mère dort encore. Au loin, nous apercevons un homme pédaler péniblement sur le chemin. Il met longtemps avant d'arriver à notre hauteur. C'est l'amoureux parisien de maman, il a profité d'un week-end pour venir lui faire la surprise de sa visite, il avait mis son Solex dans le train pensant que ce serait plus pratique en arrivant à la gare, mais le Solex est tombé en panne, alors il pédale, c'est lourd, il fait déjà chaud, il nous embrasse, nous étreint : « Je suis content de vous voir les enfants ! Vous avez bonne mine. Tout va bien ? C'est comment les vacances ? » Ni mon frère ni moi ne répondons. Nous sommes tétanisés. De toute façon, il n'attend pas vraiment de réponse, trop pressé de rejoindre notre mère, nous le regardons pousser encore un peu son Solex sur les derniers mètres qui le séparent de la villa. En silence, nous recommençons à jouer. Cinq minutes plus tard, le voilà qui remonte sur son Solex, il repasse devant nous. Je ne crois pas qu'il nous ait dit au revoir. Nous le regardons disparaître à l'horizon sous le soleil, pédalant lentement. Au virage suivant, il est sorti de notre vie, remplacé par l'homme qui dormait ce matin-là dans le lit de ma mère. Ramatuelle toujours. Un soir, il est tard, nous sommes de retour d'une fête foraine. C'était bien, maintenant on va se coucher. Je me brosse les dents, j'entends des cris sur la terrasse, je cours. Un copain de ma mère la secoue très fort, il l'empoigne, crac, les perles multicolores du collier qu'elle vient de gagner au stand de tir roulent par terre, elle hurle, je me précipite, je tente de les séparer, j'ai très peur, je donne des coups de pied. Soudain, quelqu'un me soustrait à la bagarre. C'est un autre ami, il me prend dans ses bras fermement, moi aussi je crie, je ne veux pas qu'on fasse mal à ma maman, il m'entraîne au loin. Il me tient par la main, il dit que c'est le monde des adultes, leur vie, que parfois ils se bagarrent, qu'on ne peut pas les en empêcher. Il ajoute que les enfants ne doivent pas s'approcher des adultes lorsqu'ils se font souffrir. Même s'il est mort depuis longtemps, je n'ai pas oublié la douceur de sa voix. Un autre été, nous sommes à La Garde-Freinet cette fois. La maison que nous habitons a une terrasse sur le toit. Je cherche ma mère, j'appelle, personne ne répond. Je grimpe quatre à quatre les marches jusqu'à la terrasse. Je ne trouve pas ma mère, mais l'une de ses amies est allongée nue sur le sol. Il fait chaud, elle transpire, son compagnon lui rase doucement, délicatement le pubis. Ils ne me voient pas. J'entends nettement le bruit de la lame du rasoir sur son sexe. Je mets un moment pour comprendre ce qui se passe, tout est très lent et pourtant j'ai un souvenir d'une grande violence. Je prends peur, je redescends le plus silencieusement possible, il faut que je trouve Pierre, il faut que je lui raconte. Pierre, mon frère. En ce temps-là personne ne comptait autant que lui dans ma vie. Rien n'était plus fort que cette relation que nous avions construite. Une relation qui éclatera violemment en mille morceaux vingt ans plus tard, lui comme moi rattrapés par nos fantômes. Jusqu'alors nous nous aidions à vivre, désormais il semble que nous nous en empêchions. Mais c'est une autre histoire, celle-ci, et je n'en connais pas encore l'issue. En ce temps-là donc, nous étions deux enfants livrés à nous-mêmes. En ce temps-là, ce que je crois c'est qu'être deux nous sauvait des errements des adultes. Nous étions là, l'un pour l'autre, nous transformions notre solitude en une force invincible. Nous étions inséparables, nous prenions soin l'un de l'autre et, surtout, nous nous moquions des adultes et du spectacle qu'ils donnaient. À nous deux, nous avions inventé une petite République des enfants qui nous préservait considérablement. Un pays secret qui nous permettait de parler de tout et de rire sur tout, qui amortissait les chocs et les visions les plus crues, qui nous gardait enfants, malgré tout.

Lorsque j'écoute Claudia Senik, je retrouve quelque chose de cette stratégie protectrice que nous nous étions forgée à deux, Pierre et moi. Afin de ne pas subir passivement le spectacle de la liberté sexuelle qu'offraient alors les adultes qui l'entouraient, Claudia, elle, l'a observé, analysé, instrumentalisé : « Dès mon plus jeune âge, je me suis entraînée à voir qui est amoureux de qui, qui sort avec qui, ça m'a beaucoup servi pour comprendre tout ce qui allait se passer. Certainement que cette passion que j'ai mise à décoder les rapports entre les hommes et les femmes était une manière de combattre quelque chose qui aurait pu être pesant sinon. Par exemple, il y avait tout ce discours sur la jalousie : "La jalousie, c'est vraiment de la merde, il faut s'en émanciper, il faut réussir à vivre autrement, le couple, c'est nul…" Dans les communautés où nous passions nos vacances avec nos parents, c'était un leitmotiv. Je me souviens précisément de deux hommes en particulier qui portaient le projet. Et l'un a piqué la femme de l'autre – bien sûr ça ne se disait pas comme ça à l'époque ! Mais le fait est. Cependant, pas de problème, ils sont restés amis et d'ailleurs ils vivent encore ensemble. Après il y a eu une autre femme, pas de problème non plus… Quant aux enfants : ils étaient à tout le monde… Moi ce que j'ai remarqué, c'est que c'était comme une communauté de singes : il y avait un mâle dominant, dont toutes les femmes étaient amoureuses et qui couchait avec toutes, et les autres mâles se faisaient arnaquer. L'abolition des rapports de forces était un des thèmes privilégiés en ce temps. Je crois au contraire que les rapports de forces étaient magnifiés ; petite, j'observais ces sentiments, le désir, la jalousie, l'enthousiasme amoureux, et je les décryptais. Il y avait toujours un gagnant et des perdants. »

Claudia assure que cette liberté sexuelle exubérante dont elle a été spectatrice enfant ne l'a pas embarrassée. « Moi je trouvais ça complètement normal, revendiqué, assumé. Ça me paraissait être le modèle. Ils étaient jeunes, beaux, contents d'eux, ils étaient plus ou moins tout le temps à poil. C'était un joyeux bordel où tout était possible. Et c'est vrai que c'est bien ! Si on peut tout avoir, tout et son contraire, c'est absolument génial ! Bon, je précise que mes parents sont restés ensemble. » Sa sœur Juliette Senik a également mis en place ses propres garde-fous : « J'ai été très tôt dans la représentation, je crois que c'est aussi l'une des raisons pour lesquelles je fais des films. À cinq ans je lisais *L'Écho des savanes*, il n'y avait que des scènes de cul ! Du coup, je passais mon temps à dessiner des BD pornos avec mes copines ! Au lieu de raconter des histoires de princesse, je racontais des histoires d'amour entre les adultes : il fallait que ça sorte d'une manière ou d'une autre. »

Avec Pierre, mon frère, nous avions toutes sortes de parades… Ainsi nous faisions régulièrement les poches des hommes qui dormaient dans le lit de ma mère lorsque nous trouvions leur veste abandonnée dans le salon. Nous éprouvions une vraie jubilation à nous moquer de leur photo d'identité – « t'as vu comme il est moche ! Il a l'air d'un con ! » –, à commenter leur âge et à leur piquer un peu de blé. Nous cherchions réparation. J'ai encore dans les oreilles des bruits amoureux que je n'aurais jamais dû entendre, et je me vois chercher le sommeil en mettant la tête sous l'oreiller. C'était comme dans les films, le problème c'est que c'était la vraie vie. Après, quand ce sera mon tour, très longtemps je ne serai pas capable d'émettre le moindre son en faisant l'amour. Julie Faguer : « La liberté du couple, des mœurs, c'était infernal ! Ça a quand même du bon, les règles, pour maintenir un peu le cadre familial ! Mon père racontait ses copines à ma mère, ma mère était avec deux mecs à la fois. Le problème, c'est qu'un enfant n'a pas à connaître la sexualité de ses parents ! J'ai le souvenir de vacances dans les Cévennes où tout le monde couchait avec tout le monde… En même temps, je comprends, ça devait être excitant, exaltant comme période. J'ai le sentiment que 68 cautionnait ce que tout couple normal vit à un moment donné : le couple normal n'est pas fait pour durer quarante ans, tous les jours et tous les mois de l'année ; et même si tu es amoureuse de ton mec, il est naturel qu'à des moments de ta vie tu désires éprouver cet amour. 68 les confortait dans l'idée qu'ils avaient raison d'être comme ça : une mère qui sortirait tous les soirs pour se taper des mecs, elle serait plutôt mal vue aujourd'hui ! À l'époque, ça se faisait. Mais du coup, moi, je m'interdis de tromper mon mec, même pour une aventure d'un soir sans conséquence : pour moi, c'est le tabou absolu. »

Étranges, ces années de sortie du militantisme, à la fois extrêmement festives et destructrices. Des amis de mes parents mouraient, suicide, overdose, d'autres, côtoyés au quotidien, disparaissaient du jour au lendemain… À la maison, chez ma mère, il y avait toujours beaucoup de monde. Nous étions très entourés. Les adultes étaient gentils avec nous les enfants, parfois trop. C'était comme si tout était possible, tout était permis. J'ai eu peur de temps en temps. Comme si cette liberté sexuelle qu'ils s'autorisaient entretenait dans leur esprit une certaine confusion. La façon dont certains hommes regardaient la petite fille que j'étais, des caresses déplacées, des baisers trop appuyés, parfois sur la bouche, j'avais envie alors de m'enfoncer sous terre. Était-ce un jeu de leur part ? de l'inconscience ? de la perversité ? Encore aujourd'hui, j'ai du mal à mettre un mot précis sur ces moments de flottement. Je percevais un désir qui n'aurait pas dû exister. Je me souviens d'un ami de ma mère qui venait me dire bonsoir dans mon lit, une fois la lumière éteinte, et me caressait la poitrine que j'avais d'ailleurs inexistante. J'avais horreur de ça. Je ne savais pas comment l'éviter. Je me cachais dans mon lit, le drap sur la tête, comme si ainsi il avait pu ne pas me voir. Je l'entendais me dire d'une voix doucereuse : « Alors… Tu ne veux pas me dire bonsoir ? » Je ressortais du lit piteusement. J'ignorais qu'il n'aurait pas dû faire cela, c'était moi qui avais honte. Je me sentais très seule, je rompais le pacte alors, ces trucs-là je n'osais pas les raconter à mon frère.

J'ai mis un temps fou à démêler le bon du mauvais, le normal du déviant. Régulièrement, lorsque nous rentrions de vacances, ma mère, mon frère et moi, nous trouvions l'appartement cambriolé. C'était désagréable, on détestait ça, tout était à sac, mais ça faisait partie de notre vie. Chez nous, les choses disparaissaient. On avait envie de mettre un disque, la pochette était vide. J'ouvrais la boîte à bijoux, il n'y avait plus les boucles d'oreilles que je cherchais. Je parlais d'un livre à ma mère, elle voulait me le passer mais ne le trouvait plus dans la bibliothèque. Lorsque j'ai emménagé seule, la première

chose que j'ai faite a été de trouver une cachette
pour mon ordinateur lorsque je m'absentais. Et pendant des mois, à chaque fois que je rentrais de
voyage, j'avais le cœur battant en ouvrant la porte
de chez moi, certaine de ne plus rien trouver. C'est
progressivement que j'ai compris qu'il n'y a pas
une fatalité du cambriolage dès qu'on tourne le dos.
J'ai mis du temps avant de réaliser que toutes ces
choses qui disparaissaient, c'était lié à une époque,
à un mode de vie, à des gens, à la drogue. Lorsqu'on
est enfant, ce qu'on vit, c'est la norme. C'est plus
tard que les choses se compliquent. Thomas le dit
avec justesse : « On est un peu désemparés par le
monde dans lequel ils nous ont laissés. Moi, par
exemple, mes repères par rapport à mon père ont
complètement changé. J'ai été élevé par un révolutionnaire trotskiste qui, débarquant un jour dans ma
salle de marché – je suis *trader* – et voyant les télé-
phones, les écrans partout, s'est exclamé : "Oh ça,
c'est la vraie vie !" Comme si toutes ses valeurs
avaient disparu, comme s'il ne restait plus rien de
tant d'années d'engagement. »

10

Héritage

Aujourd'hui, ma mère m'a téléphoné : « Virginie, tu as lu *Le Monde* d'hier ? » Déjà je suis inquiète, je m'attends au pire, parce que non, je n'ai pas lu *Le Monde* hier… « Il y a un article de Bernard-Henri Lévy qui parle de ton père en des termes abjects. Il faut faire quelque chose. Il faut répondre. Des amis m'ont téléphoné, ils sont scandalisés… » Je raccroche, les mains moites. Je cours acheter le journal, je n'y comprends rien : pourquoi est-ce que BHL s'en prendrait à Robert ? Il n'y a pas plus neutralisé que mon père… En page deux du *Monde des livres*[1], je découvre sous le titre « La révolution guidait leurs pas », une critique de Bernard-Henri Lévy sur le livre de François Samuelson, *Il était une fois Libé*[2]… Je tombe sur le passage incriminé, c'est écrit à la manière BHL, je m'accroche et je lis : « Évocation de Robert Linhart, l'autre chef de la Gauche prolétarienne, donc l'autre roi secret de ce "*France-Soir* rouge" – le grand rival de Lévy ; le seul à lui

1. *Le Monde*, 27 avril 2007.
2. *Op. cit.*

disputer, ainsi qu'à Jean-Claude Milner ou Jacques-Alain Miller, la palme du Grand Théoricien dont le maoïsme à la française était censé devoir accoucher ; le même mélange de génie précoce, de rimbaldisme philosophique, de culte du savoir mêlé à une forme assez folle de haine de la pensée – sauf que lui, Linhart, l'était, fou, vraiment fou, interné en mai 68, à la façon de notre maître à tous qui était, à l'époque, le surmaître de l'École normale de la rue d'Ulm, Louis Althusser… »

Ma première réaction est le soulagement. Il n'y a rien à répondre. Il est exact que mon père a été interné en mai 68. Moi aussi je l'écris. Tout comme l'a été au même moment, alors que le Quartier latin se couvrait de barricades, Louis Althusser, le philosophe emblématique de cette génération, connu et traduit dans le monde entier pour avoir donné une interprétation radicalement nouvelle de l'œuvre de Karl Marx. C'est en essayant de comprendre la portée de cette phrase – « Linhart l'était, fou, vraiment fou, interné en mai 68, à la façon de notre maître à tous qui était, à l'époque, le surmaître de l'École normale de la rue d'Ulm, Louis Althusser… » – que je réalise qu'aussi incroyable que cela paraisse j'ai oublié Louis dans mon récit ! Instantanément, tout me revient. Le soir où, de retour du cours de danse, j'ai appris que « le célèbre philosophe marxiste », comme disait le présentateur du journal télévisé, venait d'être interné après avoir étranglé pendant la nuit sa femme, Hélène. Nous sommes en novembre 1980. Je ne le sais pas encore, mais pour mon père c'est le début de la fin. Robert était intimement lié aux Althusser, à Louis surtout, qui avait été son maître à l'École normale, son père spirituel, son inspirateur à bien des égards. Louis et Hélène Althusser faisaient partie des très rares personnes qui venaient nous rendre visite au Méjanet dans les Cévennes. Leur arrivée suscitait chez mon père une frénésie de ménage et d'aménagement qui nous stupéfiait, mon frère et moi : sans nul doute, c'étaient des gens importants pour notre père… Robert fera partie de ceux qui mettront tout en œuvre pour que la justice conclue à l'irresponsabilité pénale de Louis, reconnu dément au moment de l'action. Je crois qu'il s'épuisera dans ce combat, le dernier qu'il ait mené publiquement, et le gagnera au prix de sa propre santé mentale : c'est moins de trois mois après l'arrêt de non-lieu pour Louis Althusser que mon père tentera de se donner la mort.

Je m'interroge sur cette formule : « Linhart l'était, fou, vraiment fou. » C'est la première fois que je lis noir sur blanc une déclaration aussi péremptoire sur l'état mental de mon père. Mon père, le fou… On le dit, je l'ai entendu au cours des entretiens, désormais on l'affirme par écrit dans le principal quotidien du soir. Et puis il y a la suite… Non seulement papa est désigné comme fou, mais pas n'importe quel fou : « fou, vraiment fou, interné en mai 68, à la façon de notre maître à tous (…) Louis Althusser ». Qu'est-ce que ça veut dire, « à la façon » ? Est-ce que ça peut vouloir dire que mon père lui aussi pourrait être un meurtrier sans le vouloir ? Est-ce que les folies se ressemblent ? Est-ce qu'on peut être fou de la même manière ? Est-ce que mon père a eu peur d'être fou de cette façon-là ? Est-ce que le silence de mon père, son retrait, est une façon de se prémunir contre une folie aussi dangereuse que celle qui a animé Louis Althusser au cours de cette nuit fatale ? Je relis encore l'ensemble de l'article. Bien sûr qu'il ne m'apportera aucune réponse. On crie au fou comme on crierait au loup, en affirmant par ailleurs ne pas succomber à l'actuelle vogue de dénonciation de l'esprit 68 : « Je sais qu'il est de bon ton, ces jours-ci, de voir dans la "pensée 68" un égarement collectif, source de tous les maux contemporains. Eh bien, je crois le contraire. Et il suffit de lire ce livre pour achever de s'en convaincre. Non pas que l'on se dise comme Deslauriers, à la dernière page de *L'Éducation sentimentale* : "C'est là ce que nous avons eu de meilleur." Mais l'on y sent, presque physiquement, ce dégel des intelligences et des âmes, cette poésie, cette liberté, qui furent la marque du moment et qui, aujourd'hui, manquent cruellement. »

Je replie le journal, je me souviens d'un temps où les gens me demandaient comment allait mon père. Dans leur question, il y avait cette idée de temporalité, l'idée qu'un jour certainement ça irait mieux, ça me rassurait énormément. C'était un temps où j'imaginais que ce que mon père avait été, que ce qu'il avait écrit, suffirait à le protéger du reste. Je me trompais. Désormais mon père est publiquement étiqueté fou. Je ne suis pas sûre que ce soit si grave que ça. Ça dit juste une chose de plus de notre époque. J'y assiste en témoin éberlué. La campagne présidentielle se déroule. J'écoute notre futur président de la République fustiger à maintes reprises l'esprit de 68 et son héritage. J'entends également sa rivale lui répondre avec une extrême prudence, comme s'il s'agissait d'un sujet dangereux. Avant d'en arriver là, il y avait eu ces thèses récurrentes sur la façon dont les soixante-huitards s'étaient approprié ce qu'il y avait de mieux dans la société, sur leur incapacité à laisser la place[1]. J'avais interrogé mes compagnons d'enfance sur ces questions ; leurs réponses étaient partagées. Sylvain Kahn : « Cela n'a rien à voir avec 68 ! Regarde le monde de l'entreprise : il n'y a quasiment aucun soixante-huitard parmi les grands patrons. C'est un phénomène démographique : les gens vivent vieux. L'évolution sociétale fait qu'en France on met beaucoup d'années pour arriver au pouvoir, c'est un vrai parcours du combattant. Alors, quand enfin on accède au pouvoir, on ne veut pas le perdre. Il est normal que quelqu'un qui a mis vingt ans pour y arriver n'ait pas envie de céder la place. Et comme les gens restent en pleine possession de leurs moyens jusqu'à soixante, voire plutôt soixante-cinq ou soixante-dix ans, ça ne bouge pas beaucoup ! » Matthias Weber : « Ils ont passé leur jeunesse à lire, à réfléchir, à affûter leurs arguments, à débattre de leurs thèses. Cela produit une génération dont certains se plaignent aujourd'hui, parce qu'ils sont bien ancrés dans les postes de pouvoir... Mais ils sont formés pour ça !

1. Dans *Le Destin des générations. Structures sociales et cohortes en France au XXᵉ siècle*, PUF, 1998, Louis Chauvel dresse le portrait du soixante-huitard en jouisseur égoïste des fruits des Trentes Glorieuses.

Ils se sont construits autour d'un objectif, qui me semble à moi utopique et naïf, mais qui leur a permis d'avoir des vies intéressantes. Je te parle là de mon père aussi bien que de ses camarades de lutte. C'est vrai qu'ils sont bien placés dans la société, mais il faut leur reconnaître quelque chose : ils sont compétents ! Ce sont des mecs brillants et ils méritent largement d'être là où ils sont ! Les mecs qui veulent leur piquer la place, il faut juste qu'ils soient meilleurs qu'eux, c'est tout ! » Lamiel Barret-Kriegel : « C'est vrai qu'ils ne lâchent pas, qu'ils ne lâchent rien ; parce qu'ils ont fait de grandes études, parce qu'ils travaillent et réfléchissent beaucoup, ils ont tendance à considérer qu'ils sont les plus forts. D'ailleurs, je ne crois pas que ce soit notre génération qui va les supplanter, c'est la génération suivante, les petits jeunes que l'on a vus lutter contre le CPE. Alors pourquoi ils ne lâchent pas ? C'est compliqué de répondre. Peut-être que c'est lié à ce sentiment qu'ils ont d'avoir conquis de haute lutte le droit à la parole ? Il faut quand même rappeler qu'avant 68 les jeunes n'avaient qu'un droit : celui de la fermer ! Peut-être que c'est une façon de nous dire : on s'est battus comme des fous pour avoir la parole, on la garde ! »

J'avais été interpellée par la violence de l'introduction de Jean Birnbaum à son ouvrage, *Leur jeunesse et la nôtre*, reprochant aux soixante-huitards de nous avoir laissé « le désert en héritage » : « Nous n'avons pas vingt ans, nous n'avons pas trente ans, mais déjà dans la bouche comme un goût de terre brûlée. Car voici bien longtemps que nous sommes partis en quête. En quête de nos aînés. Tendant les bras vers eux, nous avions attendu un signe, guetté un geste. En vain. Nous avions rêvé d'un dialogue, et qu'ils montrent le chemin ; d'une solidarité, et qu'ils nous communiquent le feu qui embrasa leur jeunesse. Au lieu de quoi ils nous tournèrent le dos, préférant se claquemurer dans une nostalgie butée[1]. » Le constat dressé ne m'avait pas laissée insensible – « et nous aurons été nombreux à étouffer sous la charge de leurs illusions perdues, notre asphyxie faisant apparemment la consolation de leurs vieux jours[2] » – parce que là s'énonçait durement une chose exacte : la transmission n'a pas été une chose facile pour nos parents. D'abord parce que, étrangement, ils n'ont que peu parlé de ce qui les animait au moment des événements. Matthias : « En fait, je ne sais pas grand-chose de mon père sur cette période. Il en parle très peu, pour ne pas dire jamais. C'est par l'extérieur que j'ai compris qu'il avait été un acteur important de cette histoire, par les films, les livres, les photos. Dans mon livre d'histoire de troisième, il y avait une photo de mon père qui le présentait comme le cofondateur de la LCR. Ça impressionnait mes copains ! » Samuel Castro : « Finalement, je ne sais quasiment rien de toute cette période. Le peu de chose que je sais, je l'ai glané dans des bouquins, des articles, en discutant avec des gens. Sans doute qu'à une époque, j'ai un

1. Jean Birnbaum, *Leur jeunesse et la nôtre. L'espérance révolutionnaire au fil des générations*, Stock, 2005, p. 11.
2. *Ibid.*, p. 15.

peu emmerdé mon père en lui disant : "Mais vas-y, raconte un peu !" Mais il ne sait pas faire. Il ne s'est jamais posé pour nous expliquer. » Ensuite parce que nos parents ont quand même beaucoup dit ou montré que ce qu'ils avaient échoué à faire nous ne pourrions le réussir.

Alors, qu'avons-nous hérité au juste de cette aventure dans laquelle nous sommes tombés petits ? « À trente ans, j'avais l'impression que mon entrée dans la vie professionnelle n'était pas sans heurts, que prendre sa place en tant qu'adulte n'était pas facile, je me suis vraiment posé la question de cet héritage : qu'est-ce qu'on avait gardé de tout ça, moi et mes copains qui avions été élevés ainsi ? Qu'est-ce qu'on faisait de tous ces discours entendus, de ce rapport à l'argent, au travail, à l'amour, à la liberté ? J'avais appartenu à une vie communautaire, avec les amis de mes parents, leurs enfants, puis cette vie s'était arrêtée et chacun était devenu très indivi-dualiste et isolé, dans son appartement, sa famille, sa carrière. J'ai donc réalisé une émission de radio en allant interviewer mes copains d'enfance et leurs parents[1] ; ce qui m'a frappée, c'est que ce sont tous des gens qui se sont autoanalysés, qui ont fait leur choix en connaissance de cause ; grossièrement, il y a ceux qui ont à tout prix voulu rentrer dans la norme et ceux qui ont choisi d'être en dehors de la norme… » Et toi, Juliette, dans quelle catégorie te places-tu dans cette typologie ? « Je suis scindée !

1. « Les Nuits magnétiques », France Culture, 1998, Juliette Senik.

J'ai adopté la norme parce que j'ai poursuivi de longues études supérieures, j'ai épousé un normalien, ce qui est dire mon attachement au normatif, j'ai une vie conjugale tout ce qu'il y a de plus classique, mais je fais des films. C'est une activité incertaine qui rejoint tout ce dans quoi j'ai baigné enfant, l'idée de laisser parler sa créativité, son désir. Je pense aujourd'hui que si je veux continuer à faire des films, c'est vraiment par fidélité à mon enfance. »

Sur la question de l'héritage, Gilles Theureau a répondu rigueur et honnêteté : « Je ne truande pas, je ne triche pas, je ne vole pas, je ne fais pas semblant. J'ai fait mon service militaire comme objecteur de conscience – ça a pris vingt mois de ma vie, mais je n'aurais pas pu me faire passer pour fou. Dans mon domaine, je lutte au quotidien contre les dysfonctionnements, les malhonnêtetés, les injustices, je vais au charbon chaque fois que c'est nécessaire : jamais entendu qu'on baissait les bras. » Comme Gilles, nous sommes nombreux à dire que cet héritage se situe sur le terrain des valeurs. Thomas : « Ça m'a appris que ce qui me touchait était d'être du côté des minorités. Une perception du monde qui part plutôt des autres pour arriver à soi que l'inverse. J'ai l'impression que l'engagement de mes parents, leur sensibilité continuent d'exister en moi. » Florence Krivine : « Tolérance, partage et attention à ce qui se passe partout dans le monde. » Nathalie Krivine : « Tenir sa parole : c'est une chose que mon père m'a inculquée. Lorsqu'on s'engage, c'est jusqu'au bout. » Encore blessée, Julie Faguer a réfuté en bloc toute idée d'héritage : « Moi, je me vois comme réac, je me dis : je suis réac ! Je juge assez mal 68, c'est jamais bon un truc extrême. C'est vrai qu'il y avait de l'utopie et qu'il n'y a rien de plus beau qu'un idéal, on a perdu ça. Mais sur le plan familial, individuel, intime, c'était vraiment n'importe quoi, j'ai le sentiment d'avoir été sacrifiée : ils pensaient à eux avant de penser à nous. C'était un monde d'adultes qui ne faisait pas place aux enfants. Moi, je considère que je n'ai pas eu une éducation "normale", on ne m'a pas appris la valeur du travail, par exemple, et c'est grâce à l'analyse que je me suis construite. »

Claudia Senik m'a expliqué qu'elle repérait les enfants de 68 à cette capacité qu'ils avaient de se moquer des règles, des institutions, des hiérarchies, à jouer avec tout ça : « La vie est un jeu, on joue, et dans ce jeu je me sens assez libre, et pour moi c'est ça l'héritage de 68. Le fait de se sentir minoritaire : être la seule enfant de soixante-huitards, la seule juive, on se demande quelle va être notre place. J'ai pris l'habitude de choisir la mienne : j'ai décidé que rien ne m'était assigné. » Aurélia Jaubert soutient qu'elle a hérité de son enfance un sens critique évident, « surdéveloppé », qui lui est souvent reproché. « J'ouvre trop ma gueule, je critique trop les choses, mes opinions sont trop radicales. Les gens ne supportent pas. Aujourd'hui, il faut être sympa et cool. Pour moi, la radicalité est une forme d'exigence ; j'ai été élevée dans cette exigence-là : quand j'entreprends quelque chose, il faut le faire bien, il faut aller jusqu'au bout. Je crois que ça faisait partie de leur militantisme général : ne pas lâcher les rênes du truc, tenir. C'est quelque chose que j'ai transmis à mes filles, raison pour laquelle je suis évidemment considérée par tout le monde comme une emmerdeuse. » Jérôme Sainte-Marie pense que l'héritage réside dans cette obsession qui lui a été léguée, cette attention disproportionnée qu'il porte à la politique. « Je sais que pour beaucoup de gens, et c'est sans doute sain, la politique est quelque chose de très secondaire, très utilitariste, mais pour moi c'est vital. J'ai besoin d'avoir une configuration idéologique de la société la plus exacte possible. » Quant à Mao Péninou, il a rigolé : la politique, ce n'est pas en héritage qu'il l'a reçue, c'est en intraveineuse, c'est sa vie ! « Parfois je me dis : qu'est-ce que j'aurais fait si je n'avais pas fait de politique ? Est-ce que je me serais plus éclaté dans ma jeunesse ? Est-ce que j'aurais baisé davantage ? Fait plus la fête ? Je crois que j'aurais trouvé une autre passion. La politique, c'est ma passion. » Enfin, j'ai également eu droit aux exposés scolaires, tout à coup c'était presque comme une leçon récitée par de bons élèves. Lamiel : « Il y a une chose que je mesure très bien, c'est ce que nous a apporté cette période. Ils ont libéré beaucoup de choses, notamment la parole des jeunes. Le dialogue transgénérationnel, c'est eux qui l'ont instauré et transmis. Et puis ils se sont battus pour la place des femmes dans la société. » Matthias : « Quelque chose s'est passé. Même si politiquement la Révolution n'a pas eu lieu, il y a eu des avancées dans la société : révolution des mœurs, liberté d'expression pour les jeunes, droits de la femme, droits sociaux, fin d'une société archaïque. »

Les paroles que je recueille, un peu au hasard, comme perdues dans l'immensité de cette question de l'héritage, sont loin très loin de la violence des attaques que l'on peut lire ou entendre sur 68. Amnésie du temps qui passe... 68 soudain devient le règne du cynisme et de l'intérêt personnel, alors que j'ai connu tant de gens qui ont abandonné études, carrières professionnelles et vies amoureuses pour aller propager l'idéal révolutionnaire. À la télévision, les pourfendeurs de Mai désignent du doigt ceux qui sont montés sur les barricades et se sont depuis remplis les poches. On les écoute, on ne les interrompt pas, on opine même. Personne, ou si peu, pour leur rappeler les acquis de Mai, la beauté des slogans, leur intelligence, leur esprit d'ouverture, leur universalité[1]. Ce « Nous sommes tous des juifs allemands » qui me bouleverse depuis que je suis enfant. Ce cri, « Étudiants solidaires des travailleurs », que je persiste à trouver nécessaire. Cette promesse enchanteresse et impossible à tenir : « Il est interdit d'interdire. » Cet énigmatique « Sous les pavés, la plage » qui me donnait envie de vérifier... J'ai un vrai désarroi en découvrant qu'André Glucksmann, dont j'aimais petite fille l'attention

1. Un petit billet de l'écrivain Geneviève Brisac, « Touchez pas à mai 1968 », Rebonds, *Libération*, 14 mai 2007 ; une réponse de Daniel Cohn-Bendit et Alain Geismar, « Sous les pavés de notre honte, la plage... », Rebonds, *Libération*, 2 mai 2007.

tendre, est désormais ce philosophe égaré assis au premier rang d'un meeting de soutien au candidat qui conspue mai 68[1]. J'apprends que bien des héros de la vie réelle de mon enfance ont rompu avec la gauche, certains écrivent même dans une revue qui se proclame fièrement atlantiste et qu'on dit acquise aux thèses du champion de l'UMP[2]. Bientôt, on saura que Bernard Kouchner ne refusera pas de devenir le ministre des Affaires étrangères de Nicolas Sarkozy. Ce ne sera pas si grave que cela, juste étonnant.

Tout devient possible.

1. « Mai 1968 nous avait imposé le relativisme intellectuel et moral. Les héritiers de mai 68 avaient imposé l'idée que tout se valait, qu'il n'y avait aucune différence entre le bien et le mal, entre le vrai et le faux, entre le beau et le laid. Ils avaient cherché à faire croire que l'élève valait le maître […], que la victime comptait moins que le délinquant. Il n'y avait plus de valeurs, plus de hiérarchie. Voyez comment le culte de l'argent roi, du profit à court terme, de la spéculation, comment les dérives du capitalisme ont été portés par les valeurs de mai 1968. […] Dans cette élection, il s'agit de savoir si l'héritage de mai 68 doit être perpétué, ou s'il doit être liquidé une bonne fois pour toutes. » Nicolas Sarkozy, meeting de campagne présidentielle, Bercy, 29 avril 2007.
2. Éric Aeschimann, « Les meilleurs amis de l'Amérique », *Libération*, 9 mai 2006.

11

Hibernatus

Un soir d'hiver, mon père est tombé d'un tabouret en voulant attraper tout en haut de sa bibliothèque un annuaire des anciens de l'École normale supérieure. Pour amortir sa chute, en un geste réflexe, il a mis ses bras en avant. Son poignet et son avant-bras se sont brisés net en trois morceaux. Il était seul chez lui, il s'est relevé avec difficulté et est allé voir son médecin de famille. Le docteur Vanesse habite à trois pâtés de maisons de chez mon père. Papa m'a raconté que lorsque Vanesse l'a vu arriver avec son bras disloqué, il a immédiatement fermé son cabinet et l'a lui-même conduit en voiture aux urgences de l'hôpital le plus proche. Le lendemain soir, c'est par un coup de téléphone de France, son épouse, que j'ai appris que mon père venait de se réveiller de l'anesthésie consécutive à l'opération de son poignet. C'est le problème avec mon père, comme il ne parle pas, on n'est pas prévenus quand il est opéré d'urgence. Tout s'était apparemment bien passé, il restait quelques jours à l'hôpital Saint-Joseph, on pouvait aller le voir. Le lendemain, en arrivant dans sa chambre, j'ai eu une drôle d'impression. Mon père, pâle, tout bandé, tout plâtré, les yeux cernés, paraît vraiment en forme. Étrangement bien. Alors que je suis très émue de le retrouver dans cet état-là, il rit de ses bandages et plaisante de sa maladresse. Je le prends en photo avec mon mobile pour le montrer à mes filles, qui s'inquiètent de leur grand-père : il brandit fièrement son poignet bandé dans un geste qu'autrefois faisaient les révolutionnaires avec leur poing. Je le trouve bien farceur pour quelqu'un qui se réveille d'une opération avec anesthésie générale. Je me souviens que ce jour-là, contrairement à lui, je n'étais pas dans mon assiette. Je m'inquiétais pour le travail, pour l'argent, pour l'avenir, une sorte de litanie récurrente dès que je suis fragilisée, angoissée. Et Papa à l'hôpital, c'est le genre de truc qui engendre aussitôt chez moi le spectre de l'écroulement général. Jusque-là rien d'anormal. L'anormal, c'est mon père, hilare, qui m'envoie promener avec mes sempiternelles angoisses : si j'avais choisi la sécurité et le confort, depuis le temps ça se saurait, rigole-t-il… C'est stupéfiant de l'entendre dire une chose pareille ! Tellement stupéfiant que sur le moment je ne comprends pas ce qui se passe. Non seulement la phrase est longue, en plus elle dit quelque chose ! Généralement, mon père use de borborygmes, au mieux de monosyllabes quelconques. Mais trop habituée au silence de mon père, je ne prends pas immédiatement conscience de l'ampleur du changement qui vient de s'opérer à l'issue de cette banale chute de tabouret.

Une semaine plus tard, mon père sort de l'hôpital. Et se remet à parler.

Je me souviens du premier dîner où il a parlé. C'était comme un conte de fées, vraiment. Mon père soudain racontait mille choses, il était drôle, il blaguait. On a pas mal picolé ce soir-là. Je ne comprenais pas ce qui se passait, mais c'était tellement merveilleux que je m'en foutais complètement. Éberluée et ravie, je regardais Michaël : depuis que nous vivons ensemble, il n'avait jamais entendu mon père prononcer plus de trois ou quatre phrases en une soirée. Je buvais les paroles de mon père, je le trouvais intelligent, fin. Cette nuit-là je n'ai pas pu m'endormir, je me disais que c'était trop beau pour être vrai.

J'avais raison.

Aussi soudainement qu'il avait disparu quand j'avais quinze ans, mon père a fait une réapparition tonitruante dans la vie que j'avais patiemment construite avec son ombre. Disparus les chuchotements inaudibles, les silences interminables, les réponses toutes faites ânonnées – Comment tu vas ? Pas trop mal. Qu'est-ce que tu racontes ? Pas grand-chose –, envolés les gestes hésitants, la démarche titubante, le regard erratique, l'allure voûtée. Quasiment du jour au lendemain, mon père était de retour. Il était l'*Hibernatus* du film de Louis de Funès, cet homme que l'on a congelé pendant je ne me souviens plus combien d'années et qui émerge parfaitement conservé et en pleine forme de la glace. Mon père, c'était pareil. Il découvrait l'usage du mobile, il en voulait un, puis il en abusait, il appelait vingt fois par jour, éclatait son forfait en une semaine. Il allait au salon du Livre et découvrait effaré et hilare le nombre de maisons d'édition dont il ignorait l'existence. Il faisait irruption à la maison pour nous raconter tout ce qu'il avait vu dans la journée. Il rencontrait des amis à qui il n'avait dit mot depuis des années et qu'il soûlait littéralement de paroles. Cet homme revivait, et cela le rendait fou de bonheur. Il avait rajeuni de vingt ans. C'était incroyablement émouvant à voir, extrêmement troublant à entendre. J'étais obsédée par mon histoire d'*Hibernatus*. Était-il possible que l'anesthésie qu'il venait de subir pour son opération au poignet ait eu un effet, que je ne savais pas analyser, mais qui avait produit l'inverse de l'état dans lequel il était sorti du coma ? Qu'est-ce qui avait redonné la parole à mon père ? Un choc chimique imprévisible, et dans ce cas, l'accident avait été une bénédiction, ou bien autre chose que j'osais à peine me formuler ? Il était étrange qu'au moment même où je me décidais enfin à raconter l'histoire de mon père, pour m'en libérer, où je me décidais à la raconter précisément par là où elle m'avait fait tant souffrir, son silence, il n'y avait plus de silence, le silence avait disparu, mon père se remettait à parler ! J'avais mis vingt-quatre ans à accepter ce silence comme un fait acquis, et maintenant voilà que mon père ne cessait plus de parler. Et puis il s'est mis à réécrire aussi, et c'est là que les choses se sont de nouveau mises à tanguer.

Un soir, Robert m'appelle. Il veut passer immédiatement à la maison, il a quelque chose à me faire lire, c'est urgent. Je réponds que je suis fatiguée, je suis en montage en ce moment, je travaille tôt demain, je voudrais me coucher de bonne heure. Voyons-nous demain soir plutôt. Non, c'est ce soir, il faut que je vienne tout de suite et d'ailleurs j'arrive, je suis déjà en chemin. Il est comme ça, mon nouveau père. Il n'est pas seulement bavard, il est autoritaire et pas très attentif à l'autre. Le voilà qui débarque, un bouquet de fleurs disproportionné d'une main, un papier de l'autre. C'est une tribune adressée à Jacques-Alain Miller, son ancien compagnon de Normale sup. Robert est furieux contre Jacques-Alain qui, a-t-il lu, a pris la défense de la probité d'Alain Juppé. Le texte est bien écrit, mais d'une violence peut-être un peu disproportionnée. Je ne sais pas. Je ne me rends pas bien compte. Seul compte pour moi le fait que mon père se remette à écrire. On parle de ce texte jusque tard dans la nuit, on boit, on trinque au retour de l'écriture, on rit aussi beaucoup parce que mon père est drôle, et ça, je l'avais oublié. Il a envoyé son texte au *Monde*, est-ce que je crois qu'ils vont le publier ? Je ne sais pas Papa, tu sais, ils risquent d'être un peu étonnés au *Monde*, ça fait quand même un sacré bout de temps que personne n'a eu de tes nouvelles. S'ils ne le publient pas, ils vont voir de quel bois je me chauffe ! Ils ont vraiment intérêt à me publier... Cette nuit-là encore, j'ai du mal à m'endormir. J'ignore alors que mon père, lui, ne dort déjà quasiment plus, dévoré par le bonheur de se retrouver tel qu'en lui-même. Mais l'*Hibernatus* n'est pas préparé à se confronter à un monde qu'il a laissé de côté pendant presque vingt-cinq ans. Et il a tant à rattraper. Dormir, manger, se ménager, tout ça est si ridicule à côté du bonheur de se sentir à nouveau en vie, à nouveau dans la vie. Et puis, objectivement, les choses lui réussissent plutôt bien. *Le Monde* publie sa tribune. J'apprendrai plus tard par un journaliste qu'elle a fait l'effet d'une petite bombe là-bas : Robert Linhart était de retour ! Quoi qu'on pense du texte, il fallait le publier, simplement parce que l'auteur de *L'Établi* sortait du silence… Maintenant, c'est mon père qui parle sans cesse, à tout le monde, à tout propos. Immédiatement, il fait, comme il peut, de la politique à son niveau, on est en plein dans le débat sur le référendum pour ou contre la Constitution européenne. Pour Robert, c'est non. Chaque personne qu'il rencontre, il veut l'amener à voter non. Il peut s'épuiser des heures pour essayer de convaincre. Je dois être la seule à lui résister sur la question. Lorsqu'il me dit d'un ton intransigeant qu'il n'est pas possible de voter autre chose que non, je me fâche, avec mes armes : écoute ça fait plus de vingt ans qu'il n'y a pas moyen d'avoir une discussion politique avec toi, alors laisse-moi voter ce qu'il me plaît, et surtout pas d'argument d'autorité avec moi ! Robert bat en retraite, c'est rare ces temps-ci.

Mon père a retrouvé la parole et il recommence même à écrire. La vie va changer, la sienne surtout, mais aussi la mienne. Il n'y a plus de silence. C'est même le contraire, pour l'instant il ne cesse de parler. C'est parfois un peu compliqué de le suivre, mais il paraît très heureux et je le suis aussi, profondément. Mon père a cessé de se taire. Je crois que c'était mon vœu le plus cher. Il y a la joie de l'entendre, le bonheur de le voir s'intéresser à tout, lui qui paraissait ne plus avoir goût à rien depuis si longtemps. Quelques semaines durant, je n'ai vu aucun des signes annonciateurs du danger. Je ne faisais que l'écouter, fascinée par ce flot de paroles. Très vite pourtant, tout à son bonheur de revenir à la vie, mon père a commencé à déraper. De petites choses d'abord. Lorsqu'il appréciait un livre, il en achetait dix pour l'offrir autour de lui. Lorsqu'il avait une idée, il voulait immédiatement être publié pour faire part de son point de vue. Il parcourait Paris, voyait des gens, ne cessait plus de débattre en toute occasion. Il débarquait à la maison, exigeait autoritairement qu'on l'écoute et qu'on acquiesce à tous ses faits et gestes qu'il nous relatait par le menu. Puis il repartait en courant, comme il était arrivé, lui que j'avais vu trébucher vingt ans durant dès que l'on faisait trois pas. Alors, petit à petit, mon bonheur a laissé place à l'angoisse. Lorsque j'ai réalisé que le réveil avait été trop violent pour mon père, celui-ci était loin déjà sur la route du délire. Personne ne pouvait plus le rattraper.

J'avais tant attendu qu'il parle, tellement espéré qu'un jour il écrirait de nouveau, et au moment même où ce rêve devenait réalité la folie de nouveau l'habitait. Je découvrais que mon père n'était pas un homme qui pouvait vivre en pleine possession de ses moyens. Je comprenais qu'il avait été pour lui-même jusqu'alors son meilleur médecin. Lui seul avait eu cette intelligence de comprendre qu'en pleine possession de ses moyens physiques et intellectuels il ne contrôlait plus rien. Donc il fallait les réduire, ses moyens, à tout prix. D'où le mutisme, le repli sur soi, la solitude. Une économie de vie minimale mais extrêmement maligne finalement, puisqu'il venait de passer presque vingt-cinq ans certes en silence, mais sans docteurs, sans médicaments, sans clinique. Mon père n'était pas cette victime que j'ai longtemps imaginée, il était un homme qui savait exactement comment se protéger de ses démons, et avait tout fait pour.

Le cassage de gueule du tabouret, l'anesthésie qui s'en était suivie venaient de foutre en l'air cet arrangement subtil avec lui-même et le reste du monde qui le mettait à l'abri de ce qui sans doute l'effrayait le plus : le retour de la crise maniaque.

Je n'avais aucune idée de ce qu'était une crise maniaque avant d'y assister en direct. C'est impressionnant, une crise maniaque. Il y a ce mélange foudroyant de très grande intelligence, de lucidité implacable, d'humour, de fantaisie, et de délire. On est toujours à la lisière dans la crise maniaque, tout est vrai et tout est faux à la fois. C'est sans doute ça qui fait si peur. Par exemple, mon père ne dormait plus. Il disait qu'il avait tellement dormi ces vingt dernières années qu'il lui fallait rattraper le temps perdu. C'était juste. Le seul problème, c'est que l'être humain ne peut pas ne pas dormir. Alors il y a eu la clinique, les médicaments qui font dormir. Mon père résistait de toutes ses forces au traitement, c'était David contre Goliath, il ne voulait pas retomber dans la chape de plomb qu'il connaissait par cœur. Il n'arrêtait plus de parler, dix coups de fil par jour pour me dire ce qu'il avait lu, ce qu'il avait écrit, ce qu'il avait pensé. Puis, il n'a plus eu de mobile. On le lui a confisqué. Ensuite, on lui a confisqué sa carte bleue. Il se ruinait en cadeaux pour les patients de la clinique. Il faisait un chambard pas possible, il a même fait une grève de la faim pour protester contre la nourriture infecte, disait-il. Et appelé le Samu pour être secouru parce qu'il avait fait un malaise. Quand on est hospitalisé, il faut quand même le faire… Finalement, on lui a interdit de sortir. Il ne pouvait plus rien faire. Ça a duré longtemps. Les médecins attendaient que la camisole chimique fasse son effet.

Ça a fini par marcher.

L'homme qui est ressorti après plusieurs mois de la clinique était peu ou prou celui que j'avais toujours connu depuis mes quinze ans. Démarche titubante, allure de vieillard qu'il se plaît à accentuer en portant désormais une casquette en toile digne d'un bouliste à la retraite, voix hésitante et souvent peu audible, une ombre sur cette terre où tant de gens se bousculent pour être remarqués.

Mais, désormais, je sais qui se cache derrière. Je sais que tout ça est une mise en scène, pour sa tranquillité et la nôtre. Voilà pourquoi mon père s'est tu. Il n'y a aucune confrontation possible avec ceux qui ont continué de parler, d'être présents, de s'exposer politiquement, médiatiquement ou littérairement. Ils n'étaient pas dans la même problématique. Ils ont suivi leur route. Mon père a dû bifurquer pour ne pas partager sa vie entre devant de la scène et salle de garde psychiatrique. Dans sa maladie, il a fait preuve d'une grande sagesse. Dans son isolement, d'une parfaite maîtrise de son destin. Sauf quand des accidents imprévus surviennent.

Tout le temps qu'a duré cet épisode, je n'ai pas réussi à travailler à mon projet. Je ne parvenais plus à organiser des rencontres, je ne réussissais pas à écrire. Je découvrais aussi que lorsque mon père prenait sa vraie place, il en prenait tellement qu'il n'en laissait plus aucune pour les autres. Au cours de ces mois agités, j'ai découvert son autoritarisme, son intolérance, son incapacité totale à écouter. Je me suis heurtée à sa certitude d'avoir toujours raison, à son goût du commandement, à sa propension à ne parler que de lui. Mais j'ai vu aussi son charme, sa drôlerie, la finesse de son esprit, sa générosité, sa fantaisie, son immense culture.

Mon papa Dr Jekyll et Mister Hyde.

Il est temps que je me remette à mon travail. J'y retourne plus forte qu'auparavant. Je sais désormais ce que signifie le silence de mon père, je ne crois pas qu'il me fasse moins souffrir mais je le prends pour ce qu'il est : une condition *sine qua non* de son équilibre, certes fragile, mais qui fonctionne tant qu'il en garde l'entier contrôle. Je mesure désormais les avantages de ce silence. Aussi incongru que cela puisse paraître, je suis obligée de reconnaître qu'ils sont hélas bien réels.

À présent, je sais pourquoi mon père a choisi de se taire.

Alors silence.

Notices biographiques

Louis Althusser : célèbre professeur de philosophie marxiste de l'École normale supérieure d'Ulm à l'origine d'une réinterprétation des textes marxistes, notamment du *Capital*, sous un angle radicalement nouveau qui fascinait ses étudiants dans les années 60 et 70. Il est mort en 1990.

Andreas Baader : chef de la RAF (Rote Armee Fraktion), organisation allemande terroriste connue aussi sous le nom de Fraction Armée rouge.

Lamiel Barret-Kriegel : avocate. Fille de Philippe Barret et Blandine Kriegel.

Philippe Barret : normalien, formé à l'UNEF et l'UEC (Union des étudiants communistes), avant de rejoindre l'Union des jeunesses communistes marxistes-léninistes, UJC (ml), en 1966 puis la Gauche prolétarienne, GP, à sa fondation en septembre 1968. Il en devient le trésorier et s'établit aux PTT. Docteur en sciences politiques, il a collaboré aux cabinets ministériels de Jean-Pierre

Chevènement. Aujourd'hui inspecteur général de l'Éducation nationale.

Michel Butel : ancien de l'UEC, écrivain, fondateur de *L'Autre Journal* (1984-1992) et de *L'Azur* (1994-1995).

Roland Castro : étudiant aux Beaux-Arts, militant du PSU, il adhère à l'UEC en 1962, rejoint l'UJC (ml) en 1966. Il est responsable de l'UJC (ml) aux Beaux-Arts puis à Nanterre en 1968 et fonde Vive la révolution ! (VLR !) en 1970. Un temps candidat à la présidentielle en 2007. Aujourd'hui architecte.

Samuel Castro : médecin neurologue, il a choisi d'exercer aux urgences. Fils de Roland Castro et de Marguerite Arène.

Alain Geismar : ingénieur des Mines, secrétaire général du SNESup en 1967, il est l'un des principaux animateurs de mai 68. Il fut ensuite l'un des dirigeants de la GP aux côtés de Benny Lévy. Il a participé à plusieurs équipes gouvernementales au sein du ministère de l'Éducation nationale dans les années 80 et 90. Aujourd'hui membre du PS et universitaire, il enseigne entre autres à Sciences Po.

François Geismar : directeur général adjoint chargé des services à la population de la communauté de communes des Portes de l'Essonne. Fils d'Alain Geismar et de Redith Estenne-Geismar.

Pierre Geismar : directeur de production. Fils d'Alain Geismar et de Redith Estenne-Geismar. Tué dans un accident en 2006, à l'âge de trente-trois ans.

Pierre Golman : militant de l'UEC, responsable du service d'ordre, tenté par la guérilla en Amérique latine. Auteur de *Souvenirs obscurs d'un juif polonais né en France*, Le Seuil, 1976. Assassiné en 1979 à Paris par le groupuscule « Honneur de la police ».

Alain Jaubert : écrivain et journaliste, producteur et réalisateur de télévision.

Aurélia Jaubert : artiste. Fille d'Alain et de Marie-José Jaubert.

Pierre Kahn : militant de l'Union des étudiants communistes (UEC), secrétaire du secteur Lettres, membre du bureau national, puis secrétaire général (1964), rédacteur en chef de la revue *Clarté*, il est l'un des chefs de file des « Italiens ». Exclu de l'UEC en 1965, il participera à mai 68 en dehors de toute organisation politique. Psychanalyste, il est décédé en 2006.

Sylvain Kahn : professeur d'histoire à Sciences Po et producteur de l'émission de géographie « Planète Terre » sur France Culture. Fils de Pierre Kahn et de Jacqueline Edelman.

Blandine Kriegel : fille du grand résistant Maurice Kriegel-Valrimont, exclu du PC en 1961. Militante à l'UEC puis à l'UJC (ml), elle n'adhère pas à la GP. Philosophe, elle a été chargée de mission auprès du président Jacques Chirac. Aujourd'hui professeur des universités et auteur de nombreux ouvrages.

Alain Krivine : militant des Jeunesses communistes (1956), soutient le FLN pendant la guerre d'Algérie, participe à Jeune Résistance (1961), principal dirigeant du courant de gauche dans l'UEC (1963-1965), fondateur de la JCR (Jeunesse communiste révolutionnaire) en 1966, emprisonné en 1968, dirigeant de la Ligue communiste créée en 1969 et, en son nom, candidat aux élections présidentielles de 1969 et 1974. Fondateur et dirigeant de la Ligue communiste révolutionnaire (LCR) en 1974. Député européen (1999-2004). Aujourd'hui retraité, il reste l'un des porte-parole de l'organisation trotskiste même s'il s'est effacé devant son nouveau représentant, Olivier Besancenot.

Florence Krivine : consultante en restructuration des entreprises. Fille d'Alain Krivine et de Michèle Martinet.

Nathalie Krivine : agent de voyages. Fille d'Alain Krivine et de Michèle Martinet.

Benny Lévy (*alias* Pierre Victor) : normalien, numéro deux de l'UJC (ml), puis principal responsable de la Gauche prolétarienne jusqu'à sa dissolution en 1973. Secrétaire de Jean-Paul Sartre de 1973 à 1980. Enseignant en philosophie. Installé à Jérusalem où il dirigeait l'Institut d'études lévinassiennes, il est décédé en 2003.

René Lévy : professeur de philosophie, il a repris après le décès de son père la gestion de l'Institut d'études lévinassiennes consacré à la pensée du philosophe Emmanuel Lévinas. Fils de Benny et de Léo Lévy.

Julie Faguer : réalisatrice. Fille de Jean-Pierre Faguer et de Marie Houzelle.

Gilles Martinet : journaliste, il fait partie des fondateurs de *L'Observateur* (1950), ancêtre du *Nouvel Observateur*. Militant politique de gauche, il est également l'un des fondateurs du PSU et rejoint le PS en 1972, ambassadeur de France en Italie en 1981, membre du cabinet du Premier ministre Michel Rocard en 1988. Décédé en 2006.

Jacques-Alain Miller : normalien, militant à l'UEC, puis à l'UJC (ml) et à la GP. Aujourd'hui psychanalyste.

Judith Miller : fille de Jacques Lacan, militante à l'UJC (ml) et à la GP. Aujourd'hui enseignante.

Jean-Louis Péninou : militant du PSU (1960), aide au FLN (1961), dirigeant de la Fédération des groupes d'études de lettres (FGEL) (1963), militant de l'UEC, il est l'un des principaux animateurs de la gauche syndicale de l'UNEF, l'un des fondateurs des comités d'action en 1968. Longtemps journaliste à *Libération*.

Mao Péninou : adjoint au maire du XIXe arrondissement de Paris, militant du PS. Fils de Jean-Louis Péninou et de Mireille Nathan-Murat.

Emmanuelle Pignot : chef d'entreprise. Fille de Michèle Zémor et de Pierre Pignot.

Thomas Piketty : économiste, directeur d'études à l'EHESS, fondateur de l'École d'économie de Paris.

Christian de Portzamparc : architecte internationalement reconnu, il était à la fin des années 60 étudiant aux Beaux-Arts.

Olivier Rolin : normalien, membre de l'UJC (ml) puis de la GP, reponsable de la Nouvelle Résistance populaire (NRP), aile militaire clandestine chargée des opérations de commando de l'organisation maoïste. Aujourd'hui écrivain et éditeur.

Ève Miller-Rose : administratrice au musée du Jeu de Paume. Fille de Jacques-Alain et de Judith Miller.

Carole Roussopoulos : militante historique du MLF, cinéaste, fondatrice du Centre de documentation Simone-de-Beauvoir.

Alexandra Roussopoulos : peintre. Fille de Paul et Carole Roussopoulos.

Jérôme Sainte-Marie : directeur d'un institut de sondages. Fils d'Alain et de Magali Sainte-Marie.

Gilles Olivier de Sardan : manager de groupes de rap. Fils de Jean-Pierre Olivier de Sardan et de Thelma Sawley.

Jean-Pierre Olivier de Sardan : militant à l'UEC puis à l'UJC (ml) et enfin à la GP. Anthropologue, directeur de recherche au CNRS.

André Senik : membre du bureau national de l'UEC (1959-1962), rédacteur en chef de *Clarté*, il est l'un des principaux animateurs du courant « italien » et est exclu en 1965 de l'UEC. Enseignant de philosophie en lycée, il est radié de l'Éducation nationale en 1968. Aujourd'hui à la retraite, il participe à un groupe informel d'intellectuels et de journalistes souvent issus de la gauche, le Club de l'Oratoire, qui pourfend l'antiaméricanisme et soutient l'intervention de George W. Bush en Irak.

Claudia Senik : économiste. Fille d'André et d'Anna Senik.

Juliette Senik : réalisatrice. Fille d'André et d'Anna Senik.

Gilles Theureau : astronome à l'observatoire de Paris. Fils de Jacques et de Nicole Theureau.

Jacques Theureau : centralien, militant à l'UJC (ml) puis à la GP, établi un temps comme OS à Renault-Billancourt. Ingénieur ergonome.

Henri Weber : secrétaire du secteur Lettres de l'UEC en 1964, bras droit d'Alain Krivine, il est le cofondateur en 1966 de la Jeunesse communiste révolutionnaire (JCR) et numéro deux de l'organisation en 1968. Membre dirigeant du PS, il a été sénateur. Aujourd'hui député européen socialiste.

Matthias Weber : gérant d'une société d'effets spéciaux audiovisuels. Fils d'Henri Weber et de Fabienne Servan-Schreiber.

Michèle Zémor : militante au Parti communiste marxiste léniniste (PCMLF), puis militante MLF. Institutrice spécialisée devenue directrice d'école maternelle. Adjointe à la mairie de Saint-Denis lorsque Patrick Braouézec en était le maire.

Thomas : banquier.

Le père de Thomas, trotskiste, était dirigeant de la Ligue communiste en 1968 aux côtés d'Alain Krivine, puis de la Ligue communiste révolutionnaire (LCR). Aujourd'hui professeur émérite d'économie politique de l'Université.

Table

COMPOSITION : PAO ÉDITIONS DU SEUIL

CPi
BUSSIÈRE

Cet ouvrage a été imprimé en France par
CPI Bussière
à Saint-Amand-Montrond (Cher)
en septembre 2012.
N° d'édition : 102723-3. - N° d'impression : 123244.
Dépôt légal : mai 2010.

Éditions Points

Le catalogue complet de nos collections est sur Le Cercle Points, ainsi que des interviews de vos auteurs préférés, des jeux-concours, des conseils de lecture, des extraits en avant-première…

www.lecerclepoints.com